Anne Amrum

NORDSEE MAGD

Die Küsten-Kommissare

Das ist ein Kriminalroman und somit reine Fiktion. Sämtliche Personen und deren Handlungen sind frei erfunden. Ähnlichkeiten mit tatsächlich lebenden oder toten Personen (inklusive zufälliger Namensgleichheiten) und /oder Ereignissen sind nicht beabsichtigt und wären rein zufällig.

An dieser Stelle versichere ich, die Autorin, für die Darstellung und Erwähnung diverser gastronomischer, kultureller und touristischer Einrichtungen oder für die Verwendung von Markenbezeichnungen in diesem Buch keine Bezahlung oder anderweitige Zuwendung erhalten zu haben.

Copyright © 2022 Anne Amrum

Alle Rechte vorbehalten.

ISBN: 9798405878904

Imprint: Independently published

*Zwischen Traum und Wirklichkeit
liegt die Enttäuschung*

1

Es ist das Versprechen, das nicht eingelöst wurde, welches sie letztlich nach Husum geführt hat. Ein Versprechen, an das sie sich klammerte, jahrelang, mit all ihrer kindlichen Sehnsucht. Als die letzte Hoffnung verpuffte, dass es je gehalten werden würde, begann sich eine neue Kraft in ihrem Inneren zu formen. Wut. Und mit der Wut kam der Drang zur Konfrontation.

Ein heftiges Verlangen, dem Menschen, der Liebe und Schutz versprochen, aber bloß Gleichgültigkeit gezeigt hatte, all den Schmerz darüber an den Kopf zu werfen.

Deshalb steigt sie heute Morgen in Hamburg in den Zug. Allein. Um die letzte Etappe ihrer Reise zu Ende zu bringen. Der Zufall führt sie in ein Abteil, in dem bloß eine ältere Dame sitzt. Das ist ihr nur recht, denn wann immer möglich, meidet sie die Nähe von Männern. Schon seit Jahren. Die Geborgenheit, die sie als kleines Mädchen in Papas Armen gespürt hat, ist nicht vergessen, doch die rosarote Brille der Kindheit ist längst zerbrochen.

Seit seinem Tod wurde nichts jemals wieder, wie es war. Die Männer, die danach Interesse an Mama zeigten, hatten etwas Bedrohliches an sich. Ihr Lächeln wirkte nicht aufrichtig. Mehr scheinheilig. Dreckig. Die Art, wie sie mit Blicken nicht nur das Dekolleté ihrer Mutter, sondern auch ihren kindlichen Körper abtasteten, ließ sie erschauern.

Sie spürte instinktiv, dass es besser war, solche Männer zu meiden.

Vielleicht war ihre Schwester deshalb fortgegangen.

In die schöne neue Welt.

In die Welt mit den teuren weißen Marmorfliesen, den Schaumbädern und Parkanlagen. Eine Welt mit frischem, salzigem Meeresduft und mit klaren Farben wie aus einem Farbmalkasten, wo das Blau des Himmels und das Grün der Wiesen um die Wette leuchten. Wo die Schafe so weiß sind, dass sie für eine Waschmittelwerbung posieren könnten.

Vielleicht berührt sie die Kraft der klaren Farben so intensiv, weil da, wo sie herkommt, Grau- und Brauntöne vorherrschen. Schmutzig-Grau und Rostig-Braun.

Sie zieht ihr Handy aus der Tasche und betrachtet zum wiederholten Male die Fotos, die vor sechs Jahren aus dem Norden gekommen waren. Aus der Bilderbuchgegend, in der das Meer kommt und geht, wann es ihm passt.

Ihre Schwester hatte nicht nur Fotos geschickt, sondern auch Geld. Damals, bevor sie das Interesse an ihrer Familie verlor. Voller Stolz hatte die Mutter jedem die Bilder gezeigt und der finanzielle Zuschuss hatte echt geholfen. Eine Weile.

Doch dann kam nichts mehr. Auch die Nachrichten hörten auf. Als ob ihre verdammte Schwester sich nach zwei Jahren Abwesenheit von ihrer Familie freigekauft hätte!

Der Zug nimmt eine scharfe Biegung und die Bremsen quietschen in einer Lautstärke, die in den Ohren schmerzt. Das Handy, das sie auf ihren Oberschenkeln

abgelegt hat, segelt zu Boden. Sie geht auf die Knie und tastet nach dem Gerät, das unter die Sitze gerutscht ist.
»Vorsicht Kindchen, dass du dir nicht den Kopf stößt«, mahnt die alte Dame, die am Fenster sitzt und nun besorgt zu ihr hinuntersieht.
»Kein Ding.«
Das wollte sie schon lange mal sagen. *Kein Ding.* Die kurze Phrase mit dem lustigen Klang hatte sie sich aus einem Film abgeschaut und ihren mageren Deutschkenntnissen hinzugefügt.
Der Zug rollt langsam in den Bahnhof ein. Sie stopft alle ihre Habseligkeiten zurück in ihre schwarze Sporttasche. Bis auf das Handy. Das soll sie auf dem schnellsten Weg zu ihrem Ziel führen. Auch wenn das Ziel in Wahrheit nur ein Ausgangspunkt ist. Irgendwo muss sie schließlich mit der Suche beginnen.
»Alles Gute in Husum«, sagt die alte Dame freundlich und steht auf. »Für mich ist hier auch Endstation.«
Endstation.
Immer und immer wieder echot dieses Wort in ihrem Kopf. *Endstation.* Ihr Blick fällt durch das Zugfenster auf das alte Bahnhofsgebäude aus roten Backsteinen, und zum ersten Mal seit ihrem Aufbruch verspürt sie Angst.

DREI WOCHEN SPÄTER

MONTAG

2

Nach einem erfrischenden Bad im Meer gönnt sich Lotta Möhrlich ein ausgiebiges Frühstück auf der Hotelterrasse. Wie eine stolze Großwildjägerin ihre Beute bugsiert sie die gewählten Speisen auf mehreren Tellern vom Buffet zum Tisch.

Ihr junger Labrador, den sie mit der Leine am Tischbein festgemacht hat, bettelt inzwischen am Nachbartisch.

»Till, nein! Schlimmer Till! Mach schön Sitz! Entschuldigung, er ist noch so jung und unerzogen«, erklärt sie der sechsköpfigen Familie, die sichtlich Freude mit dem aufgeweckten Fellknäuel hat. »Er darf nichts von Fremden annehmen, aber das muss er noch lernen.«

Der Vater nickt zustimmend und die Mutter, sowie drei der Kinder, die ihren Schinken bereits zu Röllchen geformt in der Hand halten, legen den Brotbelag wieder zurück auf den Teller.

Lotta lächelt noch mal entschuldigend, nimmt die Leine kürzer und macht es sich an ihrem Tisch bequem.

Während die Kinder am Nachbartisch maulen, weil sie ihren Schinken nun selbst essen sollen, bleibt ein Kellner neben ihr stehen.

»Ein Käffchen vielleicht, oder 'nen guten Kräutertee?«
»Ein Käffchen, bitte.«
»Darf ich schon servieren oder warten Sie noch auf jemanden?«
»Sie meinen auf einen Mann?« Die Art und Weise, wie Lotta diese Frage stellt, macht dem Kellner klar, dass er in ein Fettnäpfchen getappt ist.
»Ähem«, hüstelt er schuldbewusst und starrt auf seine Schuhe.
»Sehe ich aus, als würde ich auf einen Mann warten müssen?« Lotta plustert sich künstlich auf und rückt auch ihre stattliche Oberweite in Position.
»Ähem, ich wollte nicht...«
»Ja, gucken Sie ruhig. Sehen die beiden Prachtstücke etwa aus, als müssten sie auf Männer warten? Ich sag Ihnen was, die Männer, die mit mir 'n Käffchen trinken wollen, die können sich hinten in der Reihe anstellen! So ist das!«
»Sehr wohl.« Der Kellner ist sichtlich bemüht, sich schnellstens aus der Schusslinie zu entfernen.

Lotta sieht ihm kopfschüttelnd hinterher. Was haben nur ständig alle mit der männlichen Begleitung? Als ob man als alleinreisende Frau nicht vollständig wäre. Und überhaupt – was würde denn schon groß passieren, wenn man 'nen Kaffee serviert bekommt, bevor der *obligate Ehemann* Platz genommen hat? Könnte man dem dann keinen mehr bringen?

Sie unterbricht ihre ärgerlichen Gedanken, als sie bemerkt, dass Till nach einer Biene schnappt.
»Till, nein! Nein nein nein!«, schreit sie ängstlich auf.
»So eine Biene ist gefährlich!«

Der Familienvater vom Nebentisch ist nun auch alarmiert.
»Wo ist eine Biene? Meine Frau ist allergisch, wissen

Sie?«
Als der Kellner mit ihrer Bestellung zurückkommt, hat Lotta bereits genug von der Terrasse mit all den Verlockungen und Gefahren für ihren Welpen. Sie kippt ihr Käffchen hinunter und steht auf.
»Richten Sie mir ein paar Brötchen – mit allem.« Gebieterisch vollführt sie eine Geste, die ihre sämtlichen Frühstücksteller mit einschließt. »Der Till und ich gehen jetzt in den Wald.«
»Welchen Wald?« Verdutzt guckt der Kellner zwischen Lotta und dem Hund hin und her.
»Na, das Wäldchen hinter Schobüll, von dem mir ihre Kollegin gestern erzählt hat.«
»Ach das. Das ist ja kaum größer als 'n Park. Da sind Sie schnell wieder zurück.«
»So?« Sie versucht gar nicht erst ihre Enttäuschung zu verhehlen. »Nun, dann wird das eben ein kurzes Vergnügen. Überlegen Sie schon mal, was Sie mir hier in der Gegend sonst noch empfehlen können.«

Mit einem gut gefüllten Brötchen in der einen Hand und der Leine in der anderen, stapft Lotta kurze Zeit später den Waldweg entlang. Schobüll ist wirklich ein sehr kleiner Ort, oder vielmehr Ortsteil, den sie schon nach wenigen Minuten hinter sich gelassen hat. Die salzige Meeresluft wird nun von Tannenduft abgelöst.
Till ist voll und ganz in seinem Element. Ganz offenbar regen ihn die Gerüche des Waldes mehr an als die des Meeres. Völlig außer Rand und Band springt er vor und zurück und umrundet dabei sein Frauchen. Bereits nach wenigen Metern ist sie eingeschnürt wie ein Kasseler Rollbraten.
Um sich von der Leine zu befreien, zieht Lotta ihre Hand aus der Schlaufe. Doch genau in diesem Moment

passiert es. Till macht einen Satz vorwärts und das dünne Leder gleitet ihr durch die Finger.

Mit einem Freudengebell stürmt der Welpe auf und davon.

»Tilliiiiii!«, schreit Lotta aus voller Kehle und sprintet ihm hinterher. »Till, komm zurück!«

Doch der junge Labrador denkt nicht daran. Ausgelassen stürmt er tiefer und tiefer in das kleine Wäldchen hinein. Lotta bleibt gar nichts anderes übrig, als ihm über Stock und Stein hinterherzulaufen. Endlich bleibt er stehen und verbeißt sich an einer Wurzel, die aus dem Boden ragt.

»Tilli, nicht!«, schimpft sie, mittlerweile keuchend, als ihr kleiner lebhafter Vierbeiner zu graben beginnt.

»Pfui Tilli! Schlimmer Hund!«

Nachdem er so gar nicht auf sie hören will, pirscht sie sich von hinten an ihn ran und schnappt ihn mit festem Griff am Halsband.

»So du Racker! Jetzt ist aber mal fertig!«

Sie zerrt am Halsband und Tilli zerrt ebenfalls an... ja, woran bloß? Lotta beäugt nun das Objekt seiner Begierde kritisch. Eine Wurzel, wie sie zuerst dachte, ist das nicht. Aber was ist es dann, dieses Ding, das er offenbar nicht aus der Erde herausbekommt?

Als Till für einen kurzen Moment davon ablässt und sie vier Finger einer menschlichen Hand erkennt, wird ihr schlagartig übel.

Sie holt Luft, um lautstark um Hilfe zu schreien, doch aus ihrer Kehle dringt kein Laut. Stattdessen kommt ihr das Frühstücksbrötchen in einem Schwall wieder hoch.

3

Die Sonne strahlt von einem wolkenlosen Himmel an diesem wunderschönen Maitag. Bloß das hohe Polizeiaufgebot am Waldrand vermittelt einen Vorgeschmack auf den Tatort, denkt Oberkommissarin Sophie Meerkatz, während sie aus dem Landrover ihres Vorgesetzten klettert.

»Vielleicht besteht ja doch noch Hoffnung.« Hauptkommissar Rüdiger Thomsen wirft die Fahrertür zu und deutet auf den Ambulanzwagen, der von Polizeifahrzeugen regelrecht eingekreist ist.

»Der braucht Flügel, um es ins Krankenhaus zu schaffen«, meint Kommissarin Svenja Tades, die Dritte im Bunde, kopfschüttelnd.

An der Absperrung werden sie von einem Kollegen in Uniform begrüßt.

»Moin Herr Hauptkommissar. Womit wollen Sie beginnen? Leiche oder Zeugin?«

»Leiche«, brummt Thomsen, »aber stellen Sie sicher, dass uns die Zeugin in der Zwischenzeit nicht entwischt.«

Der Beamte nickt diensteifrig.

»Selbstverständlich. Da lang«, fügt er hinzu und deutet Richtung Wald. »Immer bloß dem Pfad folgen.«

»Wer vergräbt denn eine Leiche genau am Pfad?«,

brummt Thomsen, während er in die angegebene Richtung losstapft.

»Wissen wir eigentlich schon etwas Genaueres?«, fragt Sophie und dreht sich zu ihrer Kollegin um. »Name, Alter, Geschlecht?«

»Nee. Die Kollegin von der Zentrale meinte, das wär nicht möglich.«

»Nicht möglich?« Sophie zieht die Augenbrauen hoch. »Das lässt auf keinen guten Zustand der Leiche schließen.«

»Oder die Person ist intersexuell«, ruft Thomsen über seine Schulter zurück, bleibt dann doch stehen, um die Wirkung seiner Worte zu beobachten.

Wie erwartet, schauen ihn die beiden Frauen überrascht an.

»Nun guckt nicht so. Das ist jetzt modern. Als die Maike und ich uns zur Eheschließung angemeldet haben, hatten wir bei Geschlecht auch *intersexuelle Person* zur Auswahl.«

»Das ist ja mal ein Fortschritt«, kommentiert Sophie.

»Wie da wohl die Vermählungsformel lautet?«, rätselt Svenja. »Ich erkläre euch hiermit zu intersexueller Person und intersexueller Person?«

»Jahaha, das würde ich auch gern wissen!« Thomsen prustet so amüsiert los, dass die Kollegen, die nicht weit entfernt an einer kleinen Lichtung im Wald Wache halten, pikiert zu ihm hinüberschauen.

»Rüde!«, zischt Sophie peinlich berührt. »Wir sind schon da.«

Schlagartig wird Thomsen wieder ernst und steuert mit festem Schritt auf die uniformierten Kollegen zu.

»Hauptkommissar Thomsen. Wo ist die Leiche?«

Er sieht sich fragend um, kann jedoch weit und breit keine erkennen.

Einer der Beamten deutet auf einen abgebrochenen Ast, der aus der Erde ragt. Oder zumindest hatte Thomsen ihn bis eben noch für einen gehalten. Er kratzt sich an seinem Drei-Tage-Bart und verzieht das Gesicht.
»Ach nee. Scheiße, Mann. Sind das Finger?«
Die Beamten nicken.
»Heiliger Johannes! Warum hat den noch keiner ausgegraben?«
»Wir haben noch keinen Auftrag erhalten. Außerdem wüssten wir nicht, wie wir vorgehen sollen, damit wir keine Spuren zerstören«, meint nun der andere Kollege, der Thomsen trotz starken Gegenlichts bekannt vorkommt. Um klarer zu sehen, zieht er seine Sonnenbrille aus der Jackentasche. Die neue Oakley, die ihm Maike zu Ostern geschenkt hat.
»Sören?«
»Ja, Rüde. Ich denke, so 'ne Leiche auszugraben ist 'ne heikle Sache. Da kann man nicht einfach so mit 'ner Schippe anrücken . . .«
»Logisch«, brummt Thomsen. »Meerkatz, ruf doch mal beim Gerichtsmedizinischen Institut an. Die sollen hier mit Spezialgerät anrücken.«
Sophie nickt und scrollt eine Weile auf ihrem Diensthandy, um die Nummer zu finden. Als sie wieder aufsieht, blickt sie in zwei vertraute Augen. Allerdings welche, die ihr gar nicht wohlgesonnen sind.
»Doktor Emmermann!«
Wie immer ignoriert er sie und wendet sich seinem langjährigen Segelfreund zu.
»Moin Rüde, habt ihr die Leiche schon weggebracht?«
»Nee, noch nicht mal ausgegraben.« Thomsen deutet auf die Finger, die aus der Erde herausstehen.
»Oh.« Aiko Emmermann zieht eine Grimasse und geht in die Hocke, um die menschlichen Überreste, die aus der

Erde ragen, genauer unter die Lupe zu nehmen.
»Todesursache?«, fragt Sophie spöttisch.
»Witzig«, knurrt Emmermann, ohne sie anzusehen.
»Hm«, räuspert sich Thomsen. »In diesem Fall hast du dich wohl umsonst herbemüht. Wir lassen den Leichnam direkt ins Gerichtsmedizinische Institut bringen. Bei dieser Art von Bestattung gehen wir ohnehin von Fremdverschulden aus.«
»Alles klar, mein Lieber, dann sehen wir uns am Wochenende auf dem Boot. Soll einen tollen Wind geben. Ach ja, vielleicht eine Info vorab: Ich würd mich nicht wundern, wenn das noch ein Kind wäre.«
»Was?«, fragen Sophie und Thomsen gleichzeitig.
»Eure Leiche. Die Finger sehen noch sehr jung aus. Und zierlich. Könnte sich um ein Mädchen handeln, 'ne Jugendliche vielleicht. Wenngleich die Hand nicht mehr ganz vollzählig zu sein scheint. Sie macht den Eindruck, als ob sie in einen Fleischwolf geraten wäre.«
»Nix Fleischwolf. Welpe«, erklärt Sören Rijnders eifrig. »Ein Labrador, soweit ich weiß«, ergänzt er verlegen, als ihn alle mit großen Augen anstarren.
Sophie findet als Erste ihre Sprache wieder. »Unsere Leiche wurde von einem Hund angenagt?«
»Ich fürchte, ja.«
»Das wird ja immer besser«, grummelt Thomsen.
»Ist der Hund bekannt?«, will Emmermann wissen.
»Ich denke schon, ja. Die Touristin, der er gehört, wird derzeit im Ambulanzwagen versorgt. Sie hat einen Schock erlitten«, gibt Rijnders bereitwillig Auskunft.
»Das ist gut«, meint Emmermann.
»Warum?« Thomsen runzelt die Brauen. Sein Freund ist nicht dafür bekannt, sich um Zeugen zu sorgen.
»Weil ihr den Hund noch brauchen werdet. So, wie diese Hand aussieht, hat er wohl ein paar Teile davon

verschluckt.«

»Uhhh . . .« Svenja wird von einer Sekunde auf die andere leichenblass und stolpert eilig hinter den nächsten Baum.

Sophie hält sich tapfer. »Danke für den Hinweis«, presst sie durch die Zähne und macht sich auf den Rückweg. Auf halbem Weg holt Thomsen sie ein.

»Vergiss deine Wettschulden nicht«, raunt er ihr ins Ohr.

»Mann, Rüde, echt? Wie kannst du in so einer Situation an Wettschulden denken?«

»Wegen des Arbeitsklimas natürlich.«

»Na klar.« Sophie verzieht das Gesicht. »Okay. Ein Versuch. Wenn er den ablehnt, bin ich raus.«

»Einverstanden.«

Sophie lässt sich zurückfallen und stellt sich dem nachkommenden Leichenbeschauer mutig in den Weg. Ohne jede Einleitungsfloskel bringt sie ihr Anliegen an.

»Ich lade Sie zum Essen ein. Heute Abend. In den *Anker*. Um 19 Uhr.«

Thomsen, der ebenfalls stehen geblieben ist, beobachtet die beiden amüsiert.

»Äh . . .« Sein Segelfreund sieht fassungslos zwischen ihm und der Meerkatz hin und her. Um ihn zu motivieren, nickt er fleißig mit dem Kopf und hält beide Daumen hoch.

»Ja . . . äh . . . nee.« Emmermann kratzt sich verlegen im Nacken.

»Nee?« Hoffnung blitzt in Sophies Gesicht auf.

Thomsen verstärkt seine Gesten in Richtung des Arztes.

»Okay«, murmelt dieser nun irritiert. »Sie bezahlen?«

»Ja«, knurrt Sophie. »Sie kommen?«

Thomsen nickt nun hinter Sophies Rücken wie ein Weltmeister.

»Äh . . . ja«, stimmt der Arzt nun widerwillig zu. »Aber viel Zeit hab ich nicht.«

Sophie verzieht das Gesicht. »Ich esse schnell.«

»Oh gut. Ja, dann bis später.«

4

Dass sie ausgerechnet heute Abend die leidige Wettschuld einlösen soll, trübt ihre Laune spürbar ein. Jedoch bloß, bis Sophie ihrer Zeugin im Ambulanzwagen gegenübersitzt. Schlagartig ist sie mit ihrem eigenen Leben wieder versöhnt.

Die mollige Mittdreißigerin, die sie dort auf einer Krankentrage vorfindet und die ihr als Lotte Möhrlich vorgestellt wird, ist sichtlich mit den Nerven am Ende. Das kräftige Augen Make-up ist vom Weinen verlaufen und durch heftiges Wischen im gesamten Gesicht verteilt worden. Einzelne dunkle Spuren haben es bis zu ihrem üppigen Dekolleté geschafft.

»Warum muss das ausgerechnet mir passieren?«, jammert sie, kaum, dass Sophie sich vorgestellt hat. »Ich meine, wer rechnet denn mit so etwas? An so einem wunderschönen Frühlingstag.«

»Ja, das ist wirklich Pech«, gesteht Sophie zu. »Frau Möhrlich, wo ist Ihr Hund?«

»Tilli?«

»Haben Sie mehrere?«

»Nein.«

»Dann Tilli.«

Lotta Möhrlich schnieft und durchwühlt ihre Handtasche nach einem Taschentuch.

»Tilli darf nicht in den Rettungswagen. Aus hygienischen Gründen, sagte der Arzt. Einer der Sanitäter ist so nett und geht eine Runde mit ihm. Damit ich mal 'n paar Minuten durchschnaufen kann. Sie müssen wissen, Tilli ist noch jung und er ist unglaublich lebhaft...«

»Ja«, unterbricht Sophie den sprudelnden Redefluss ihrer Zeugin. »Junge Hunde sind dafür bekannt. Wie war das denn genau, als Sie...«

»Sie meinen, als...« Lottas Augenbrauen gehen hoch und in den kugelrunden blauen Augen zeichnet sich das erlebte Grauen ab.

»Ja, wir müssen die Details wissen«, erklärt Sophie. »Wie kamen Sie denn überhaupt in dieses Wäldchen? Ihr Hotel liegt doch am Meer, nicht wahr?«

»Stimmt, das *Nordluft*. Und wir waren ja in der Früh am Strand, Tilli und ich. Aber immer bloß Meer gucken wird irgendwann auch langweilig. Die nette Kellnerin von gestern hat mir dieses Wäldchen empfohlen.« Plötzlich stockt Lotta Möhrlich in ihrem Erzählfluss. »Aber ich glaube nicht, dass die von der Leiche gewusst hat.«

»Trotzdem würde ich mir den Namen gern notieren.«

»Dann müssen Sie im Hotel nachfragen, den weiß ich doch nicht. Oder wissen Sie den Namen von 'ner Kellnerin, wenn Sie in Urlaub fahren?«

»Gut. Also Sie gingen mit Ihrem Hund in den Wald und dann?«

»Dann zog der wie verrückt an der Leine. Richtig umwickelt hat er mich damit. Und als ich mich da rauswinden wollte, ist mir die Leine durch die Finger geflutscht. Und weg war er.«

»Sie meinen Tilli?«, hakt Sophie nach, nur um ganz sicherzugehen.

»Ja. Also bin ich ihm hinterher, weil so ein Hund soll ja nicht frei im Wald rumlaufen, und nach einer Weile hab ich ihn tatsächlich eingeholt. Da hatte er sich schon in etwas verbissen, das aus dem Boden ragte. Ich hab es zuerst für 'ne Wurzel gehalten.«

»Eine Wurzel?«

»Ja, 'ne Wurzel, die aus dem Boden rausguckt. Wär ja nicht so ungewöhnlich im Wald.«

»Verstehe.«

»Aber dann . . .« Lotta muss schlucken, während sie angewidert eine Hand auf ihren Mund presst. »Dann hab ich die Finger gesehen . . . und da wurde mir schlagartig speiübel. Ich wusste auch gar nicht, was ich zuerst tun sollte, Tilli von dort wegzerren oder die Polizei rufen.«

»Und was haben Sie gemacht?«

»Geschrien. Also erst mal hab ich mich erbrochen, und dann hab ich geschrien.«

»Und dann?«

»Dann kam Tilli mich trösten. Er leckte mir mit seiner Zunge über das Gesicht. Mit derselben Zunge, mit der er vorher . . . na, Sie wissen schon, da musste ich mich gleich noch mal übergeben.«

»Und dann?«, fragt Sophie geduldig, während sie sämtliche Verunreinigungen des Tatorts dokumentiert.

»Dann hab ich Till mit aller Kraft an der Leine aus diesem Wäldchen herausgezerrt, bis ich wieder Handyempfang hatte. Da hab ich dann sofort die Polizei gerufen.«

»Haben Sie die Leiche angefasst?«

»Nein. Gott! Nein! Natürlich nicht.« Lotta versucht gar nicht erst, ihre Empörung zu verhehlen. »Denken Sie, dass ich pervers bin? Bloß weil ich keinen Mann habe?«

»Was?« Sophie zieht nun ihrerseits die Augenbrauen hoch. »Frau Möhrlich, es handelt sich hier um Standard-

fragen, die ich Ihnen stellen muss. Immerhin haben wir es mit einem Verbrechen zu tun.«
Lotta Möhrlich beginnt wieder zu schniefen.
»Das ist alles so schrecklich. Warum müssen so schlimme Dinge immer mir passieren? Meinen Sie, es hat etwas damit zu tun, dass ich Single bin?«
Sophie übergeht die Frage und setzt ein unverbindliches Lächeln auf. »Sind Sie noch ein paar Tage hier?«
»Gebucht hab ich schon, bloß ist mir die Urlaubsfreude ordentlich vergangen.«
»Ich muss Sie nämlich bitten, zu bleiben.« Sophie wappnet sich nun innerlich gegen die Reaktion ihrer Gesprächspartnerin, die mit Sicherheit bei ihren nächsten Worten erfolgen wird. »Es ist nämlich so, dass wir Tilli mitnehmen müssen, bis er sein großes Geschäft gemacht hat. Der Leichenbeschauer hat festgestellt, dass einige Fingerknöchel fehlen . . .«
»Nein!«
»Doch, leider.«
»Auf gar keinen Fall nehmen Sie mir Tilli weg!«
Die Empörung zaubert ein wenig Röte auf die blassen Wangen ihrer Zeugin.
»Nur für wenige Stunden, bis er . . .«
»Ich komme mit«, erklärt Lotta resolut. »Ich bleibe auf jeden Fall an seiner Seite.«
»Hm . . .«, reagiert Sophie unschlüssig, beschließt dann aber, diesen Konflikt dem zuständigen Kollegen zu überlassen. Und wer weiß, vielleicht löst sich das Problem ja schneller als erwartet?

5

Svenja befüllt gerade die Kaffeemaschine, als ihr Kollege, Kommissar Jasper Hinrichs, im Türrahmen auftaucht. Mit den leuchtendsten Augen, die sie je bei einem Mann gesehen hat. In der Hand hält er einen Computerausdruck, den er wie eine Trophäe schwenkt. »Vierter Tag, dreizehnte Woche.« Stolz präsentiert er eine Art Kopfwurm in schwarz-weiß.

Svenja und Sophie beugen sich neugierig darüber.

»Es hat deine Augen«, bemerkt Svenja anerkennend.

»Stimmt«, pflichtet Sophie ihr bei. »Und sieh mal, das Kinn. Da erkennt man die Familienähnlichkeit sofort.«

»Ach ja?« Jasper nimmt das Blatt wieder an sich und prüft es gründlich aus verschiedenen Blickwinkeln. Doch erst als Svenja kichert, geht ihm ein Licht auf.

»Mann, echt? Ihr veräppelt mich sogar bei meinem eigenen Kind?« Schmollend steckt er das Ultraschallbild wieder weg und lehnt sich mit verschränkten Armen an den Türrahmen. »Hab ich eigentlich was verpasst?«

»Nee . . .« Svenja schüttelt den Kopf und wirft Sophie einen durchtriebenen Seitenblick zu. »Bloß 'ne Leiche.«

»Eine Leiche?« Jaspers Augen treten in der Sekunde aus den Höhlen.

»Ja, 'ne Waldleiche. Vermuten wir mal. Ganz sicher wissen wir bis jetzt bloß von einem Arm«, präzisiert Svenja.
»Einem unbekannten Arm, mit zierlichen Fingern, die von einem Mädchen stammen könnten«, ergänzt Sophie.
»Wir haben bloß 'nen Arm?«
»Eigentlich sogar nur eine Hand. Und auch die ist nicht vollständig, weil ein Baby-Labrador dran rumgekaut und ein paar von den Fingerknöchelchen verschluckt hat.«
»Ein Baby-Labrador?« Jasper schiebt nun gekränkt die Unterlippe vor. »Ein zweites Mal kriegt ihr mich nicht dran. Denkt ihr wirklich, ich glaube euch jeden Blödsinn? Baby-Labrador. Pah...«
Thomsen drängt sich an ihm vorbei in die Küche und schenkt sich ebenfalls eine Tasse Kaffee ein.
»Moin Jasper, was macht der Nachwuchs?«, fragt er jovial.
Dankbar zieht jener das Ultraschallbild wieder aus der Jackentasche. »Dreizehnte Woche, vierter Tag«, wiederholt er stolz.
Sein Chef wirft einen kurzen Blick darauf.
»Ah ja«, brummt er dann. »Die Ähnlichkeit ist unverkennbar.«
»Findest du auch?«, freut sich Jasper, bis Svenja amüsiert gluckst.
»Ich versteh schon«, murmelt er dann frustriert. »Als Nächstes erklärst du mir, dass wir alle darauf warten, dass ein Baby-Labrador ein paar Fingerknöchelchen wieder ausscheißt.«
Thomsen sieht ihn überrascht an.
»Also erstens nennt man junge Hunde Welpen und zweitens werden wir sicher nicht untätig warten. Am besten klemmst du dich mal ans Telefon und fragst bei

den Kollegen nach, wie es mit dem Stuhlgang des jungen Labradors aussieht.« Er klopft seinem Mitarbeiter auffordernd auf die Schulter und zieht sich mit seiner dampfenden Tasse wieder in sein Büro zurück.

»Äh . . .« Jasper kratzt sich irritiert an der kreisrunden Stelle an seinem Hinterkopf, wo ihm schon seit Jahren die Haare ausfallen. Soll das heißen, sein Chef spielt nicht bloß mit, wenn es darum geht, ihn zu veräppeln, sondern setzt noch einen drauf, indem er ihn ermuntert, sich bei den Kollegen lächerlich zu machen?

Während Svenja sich bereits den Bauch vor Lachen hält, gibt sich Sophie nun Mühe, die Sache aufzuklären. Denn der Gesichtsausdruck ihres Kollegen ist eine einzige Gebärde der Fassungslosigkeit.

»Wir haben wirklich 'ne Leiche, also wenn du dich nützlich machen möchtest, könntest du schon mal die Vermisstenmeldungen vorsortieren.«

»Wenn du meinst . . .« Jasper zieht skeptisch die Mundwinkel nach unten. Er weiß immer noch nicht, was er von dieser Situation halten soll. Vor allem, weil Svenja aus dem Lachen gar nicht mehr herauskommt.

Schließlich gewinnt sein sonniges Wesen doch noch die Oberhand.

»Na gut. Aber ihr müsst heute Abend unbedingt mit mir und Billi auf die tolle Entwicklung unseres Kindes anstoßen.«

»Sorry, das wird nichts«, schlägt Svenja seine Einladung sofort aus. »Okko und ich haben heute unsere Aussprache. Wenn er sich nicht ändert, ziehe ich aus.«

»Jetzt, wo es endlich warm wird?«, fragt Jasper überrascht. Den ganzen Winter über hatte Svenja unter den eisigen Temperaturen gelitten, die auf Okkos Hof herrschten. Der Umstand, dass ihr Freund nicht bereit war, in eine neue Heizungsanlage zu investieren, hatte für

ständigen Streit zwischen den beiden gesorgt.
»Ja«, meint sie ein wenig trotzig. »Ich werd sicher nicht warten, bis der nächste Frost kommt.«
»Und du?« Hast du auch schon was vor?«, wendet er sich nun an Sophie.
»Ja. Leider. Ich würde wirklich gern mit euch die tollen Fortschritte eures Babys feiern, aber ich hab heute Abend ein Essen mit dem Emmermann.«
»Quatsch.« Jasper schüttelt ungläubig den Kopf. »Jeder weiß, dass eher die Hölle zufriert, als dass du mit dem auch nur eine Minute freiwillig verbringst. Wann bin ich hier eigentlich als Mobbingopfer zum Abschuss freigegeben worden? Ist es, weil ich euch letzte Woche gesagt habe, dass ich den Papamonat in Anspruch nehmen will?«
»Was hör ich da? Papamonat?« Thomsen taucht plötzlich wieder auf und fixiert Jasper stirnrunzelnd. »Volle Windeln statt Mörderjagd?«
»Ist ja nur für 'nen Monat . . .«
Ein uniformierter Kollege kommt mit energischen Schritten herangeeilt und präsentiert einen durchsichtigen Plastikbeutel, den er vor seiner Brust hin und her schwenkt.
»Bitte sehr, Rüde, wie bestellt. Einmal Knochen mit allem. Nimmt ihn jemand von euch mit ins Gerichtsmedizinischen Institut?«
Auf Thomsens Gesicht breitet sich ein Grinsen aus, als er den Beutel entgegennimmt und an Jasper weiterreicht.
»Dein Job, Junge. Soll ja angeblich Glück bringen.«

6

Sophie ärgert sich über sich selbst, weil sie viel zu viele Gedanken an dieses unselige Essen mit dem verhassten Leichenbeschauer verschwendet. Es war auch eine blöde Wette gewesen, sie hätte sich niemals drauf einlassen dürfen. Sie war sich eben zu sicher gewesen, hatte zu sehr auf ihr Können vertraut – und verloren. Der Zufall hatte ihrem Chef in die Hände gespielt und seinem Charakter gemäß kostet er seinen Sieg nun aus.

Frühere Erfahrungen mit schwierigen Gesprächspartnern haben sie gelehrt, dass sich so ein Essen in die Länge ziehen kann. Was soll sie bloß währenddessen mit diesem arroganten Arsch reden? Ach Mann, sie hätte sich nie auf diese Wette einlassen dürfen.

Pünktlich um 19 Uhr lässt sie sich als Erste an dem reservierten Tisch im Restaurant des Hotels *Zum Anker* nieder. Nach einigen Minuten verspürt sie eine gewisse Unruhe und sieht sich nach den anderen Tischen um. Aber auch dort ist er nicht zu entdecken.

Irgendwie logisch, denkt sie. Das passt zu seiner Art, mit ihr umzugehen. Sie zu ignorieren, war schon immer sein Ding.

Eine Kellnerin steht plötzlich vor ihr.

»Soll ich Ihnen schon etwas bringen oder wollen Sie noch warten?«
»Ja. Bitte. Einen Martini Bianco. Mit Eis.«
Sie setzt ein freundliches Lächeln auf und lehnt sich entspannt zurück. Soll er doch wegbleiben. Umso besser. Wenn er nicht kommt, muss sie auch nicht mit ihm reden. Dann kann sie ihr Essen wenigstens genießen. Sie greift zur edel gestalteten Speisekarte und vertieft sich in die saisonalen Angebote.
»Ich hatte 'ne anstrengende Patientin.«
Emmermann nimmt ihr gegenüber Platz.
»Ah«, macht Sophie, die gerade überlegt hatte, ob Spargel oder junger Spinat besser zu gegrilltem Petersfisch passt.
»Was trinken Sie da?« Er deutet auf ihr Glas.
»Martini Bianco.«
Als Reaktion rümpft er die Nase und bestellt ein Bier. Sophie räuspert sich.
»Schön, dass Sie kommen konnten.«
»Ja.« Er sieht sich im Raum um. »Kam schon überraschend, diese Einladung.«
Sophie nickt wortlos und lächelt bemüht. Was soll sie auch sagen? *Ich Blödhuhn hab 'ne Wette verloren, deshalb muss ich jetzt deine Anwesenheit ertragen?* Soviel Ehrlichkeit verkraftet kein Mensch.
»Der Petersfisch soll hier ausgezeichnet sein«, meint er und greift zur Karte.
»Hab ich auch schon gehört.«
Geht doch, freut sie sich über die gelungene Kommunikation. Wichtig ist, dass sie jetzt schnell bestellen, schnell essen und auf die Nachspeise verzichten.
Beinahe hätte es nach diesem simplen Plan geklappt.
Sophie schiebt siegessicher den letzten Bissen

Petersfisch in den Mund und damit über die Ziellinie, als Emmermann plötzlich persönlich wird.

»Diese Entschuldigung hätte auch früher kommen können.«

»Welche Entschuldigung?«

»Nun, dieses Essen hier ist doch als Entschuldigung zu verstehen. Ich meine, Sie haben mich eingeladen. *Sie bezahlen.* Verstehen Sie mich nicht falsch, ich finde es gut, dass Sie sich endlich entschuldigen. Hätten Sie das schon früher gemacht, hätten wir uns viel Ärger erspart.«

»Äh . . .« Sophie spürt, wie der Zorn in Form einer heißen Welle in ihr hochsteigt. Dieser Mensch ist so dermaßen überheblich, dass sie ihm ihren letzten Bissen Fisch am liebsten ins Gesicht spucken würde.

Stattdessen bleibt sie äußerlich ruhig, kaut weiter und schluckt. Spült anschließend mit Wasser nach und legt das Besteck ab.

»Das ist bloß ein Essen, keine Entschuldigung. Ich wüsste nämlich nicht, wofür ich mich entschuldigen sollte. Ich habe schließlich nichts verbockt bei meiner Berufsausübung.«

»Das ist doch die Höhe!«, empört sich der Arzt sofort. »Ich hätte es wissen müssen! Sie sind ein zänkisches Weib und daran wird sich nichts ändern. Sie können in Zukunft wieder allein essen. Ich hab kein Mitleid mehr mit Ihnen.«

»Mitleid?«, echot Sophie fassungslos. »Sie haben Mitleid mit mir?«

»Na, ich bin ja auch nicht aus Holz und wenn Sie mir die Essenseinladung geradezu aufdrängen, weiß ich doch, was es geschlagen hat. Aber so kratzbürstig wie Sie sind . . .«

»Sie denken, ich finde niemanden, der mit mir zu Abend essen will?«

Er mustert sie mit verächtlich herabgezogenen

Mundwinkeln von oben bis unten.

»Ist das nicht offensichtlich?«

»Ist es nicht. Ich habe Freunde. Eine Menge sogar. Ja, viele gehen gern mit mir essen«, verteidigt sie sich trotzig.

»Warum dann mit mir?« Emmermann kneift ein Auge zusammen und wischt sich mit der Serviette den Mund sauber.

»Weil . . .« Sie schluckt. Es gibt nichts, das sie im Moment lieber tun würde, als diesem arroganten Schnösel den wahren Grund ins Gesicht zu schleudern.

»Sehen Sie?« Er grinst hämisch und legt die Serviette wieder zurück. »Sie sind wirklich bedauernswert.«

Sophie schließt die Augen. *Was zu viel ist, ist zu viel.*

Sie stellt sich vor, wie sie sich erhebt und ihm genüsslich reinen Wein darüber einschenkt, warum sie mit dem größten Kotzbrocken aller Zeiten essen gehen musste. Doch in der gleichen Sekunde wird ihr klar, dass dieser Schuss – so befriedigend er auch wäre – nach hinten losgehen würde. Emmermann wäre nicht nur zutiefst gekränkt, es würde auch seine Freundschaft mit Thomsen stark belasten – und das ist, im Hinblick auf dessen herannahende Hochzeit, keine gute Idee. Also besser die Zähne zusammenbeißen! In Gedanken zwingt sie diesen verhassten Vollpfosten mit Waffengewalt, in einen riesigen Fleischwolf zu klettern. Während sie ihn nun genüsslich durch selbigen dreht, hört sie wie durch einen Nebel, dass er etwas zu ihr sagt.

»Wie bitte?«

»Ich bin der Aiko.« Er hält sein Bierglas zum Zuprosten bereit.

Was hat sie verpasst?

»Sophie«, steigt sie drauf ein, irritiert von seinem Verhaltensumschwung. Dachte er, sie wäre von seinen Worten zutiefst erschüttert? Wie auch immer, es bleibt ihr keine Gelegenheit, herauszufinden, was ihn bewegt hat, ihr so unvermutet das Du-Wort anzutragen, da plötzlich der Inhaber des *Ankers*, Gunnar Henkels, vor ihrem Tisch steht.

»Ist das wahr, was man so hört? Ihr habt ein Mädchen im Wald gefunden?«

»Das wissen wir noch nicht«, erwidert sie. »Aber es könnte ein Mädchen sein.«

»Nun, vor drei Jahren ist hier eines verschwunden.«

»Stimmt«, erinnert sich nun auch Aiko Emmermann. »Die Kirsten Moll, nicht wahr? Die auf dem Schulausflug verschwand.«

»Pfadfindercamp«, korrigiert Henkels.

»Richtig.« Emmermann legt den Kopf schief, was offenbar dem Nachdenken förderlich ist. »Nee, wohl kaum«, sagt er dann. »Die kleine Moll wird das nicht sein.«

»Warum nicht?«, will Sophie wissen,

»Wegen des Zustands der Hand, die ich zu sehen bekam. Nach drei Jahren unter der Erde wäre wohl kaum mehr Fleisch auf den Knochen gewesen.«

Hotelier Henkels verzieht angeekelt das Gesicht. »Nun denn . . . darf's vielleicht noch ein Pils sein?«

»Für mich nicht«, erklärt der Arzt und erhebt sich.

»Die Rechnung gehört der Frau Kommissarin.«

»Für mich schon.« Sophie lächelt ihren neuen Gesprächspartner gewinnend an. »Und ich höre mir auch gern alles an, was Sie über jene Kirsten wissen.«

7

»Sie waren damals ja noch nicht hier«, beginnt Henkels seinen Bericht. »Aber vor drei Jahren gab es bei uns in Husum kein anderes Thema! Die fünfzehnjährige Kirsten Moll verschwand spurlos während eines Pfadfinderausflugs.«

»Und dieser Ausflug fand in genau jenem Wäldchen statt?«, hakt Sophie nach.

»Nee. Die Gruppe war im Watt. Es war Anfang Sommer, Juni glaube ich, und sie stapften alle barfüßig im Schlick rum. Natürlich mit ausgebildeten Wattbegleitern. Jeder hatte 'nen Eimer zum Sammeln und so. Bevor die Flut kam, mussten alle wieder raus. Ja, und irgendwie hatte dann Kirsten gefehlt. Tauchte einfach nicht mehr auf. Also bis heute.«

»Falls sie es ist, die wir im Wald gefunden haben.«

»Wer soll es denn sonst sein? Ist ja kein anderes Mädchen jemals hier verschwunden. Solange ich hier bin – und ich bin seit meiner Geburt hier – wurde niemals sonst jemand vermisst. Zumindest nicht dauerhaft. Der ein oder andere Ehemann war schon mal über Nacht weg«, scherzt er augenzwinkernd.

»Wir stehen mit unseren Ermittlungen erst ganz am

Anfang. Noch können wir nicht mal sagen, ob die Leiche weiblich ist. Aber ich will Sie nicht vom Erzählen abhalten.«

»Tun Sie nicht. Bloß gibts leider nicht viel mehr zu berichten. Es gab natürlich 'nen riesigen Medienrummel. Das hübsche Mädchen mit den blauen Augen und den blonden Locken war wie ein Magnet für die Presse. Die verzweifelten Eltern waren ständig im Fernsehen und flehten den Entführer an, ihre Tochter wieder freizulassen. Half natürlich nichts. Der Rüde bekam Verstärkung aus Flensburg. Half auch nichts. Das Mädchen blieb verschwunden.«

»Hm«, macht Sophie und tippt den Namen *Kirsten Moll* in ihr Handy ein. Sofort spuckt die Suchmaschine hunderte Artikel aus. Alle zeigen ein hübsches blondes Mädchen mit einem zu langen Pony, der ihr bis in die Mitte der Augen hängt.

Ob sie es ist, deren Fingerkuppen tragischerweise durch Tills Darmtrakt wanderten? Falls ja, wie gelangte das Mädchen vom Watt ins Wäldchen?

»Noch 'n Pils?«, offeriert Gunnar Henkels. »Geht aufs Haus.«

»Danke, aber nein. Ich werde zu Hause erwartet.«

»Ahhh . . .« Der Hotelier grinst wissend. »Endlich 'n Mann gefunden?«

Sophie runzelt die Brauen. Denkt er auch, dass sie keinen abkriegt? So wie Emmermann?

»Nee, 'n Kater adoptiert.«

Henkels lacht. »Kopf hoch, das wird schon. Hier im Norden findet jeder sein Glück. Nicht wahr, meine Schöne?« Er klatscht der vorbeieilenden Kellnerin kräftig auf den Hintern.

»Mensch Gunnar, behalt deine Pfoten bei dir, ich hab hier das Tablett voll«, kommt es prompt zurück.

Er hebt beide Hände hoch, um zu kapitulieren.
»Sehr wohl, Chefin. Kommst du mal kurz zu uns rüber?«
»Gleich.«
»Meine Frau war damals mit der Organisatorin des Pfadfindercamps befreundet«, erklärt er Sophie. »Vielleicht fällt ihr noch etwas ein.«
»Okay. Dann nehm ich doch noch 'n Pils.«

* * *

Otello ist bereits ausgehungert. Wenn man seinem Maunzen Glauben schenkt, beinahe verhungert. Er stürzt sich auf sein Futter, als hätte er seit Tagen keines bekommen.

Sophie schenkt sich ein Glas Rotwein ein und greift zum Handy. Das Rauchen hat sie sich über den Winter abgewöhnt, aber nicht das abendliche Quatschen mit ihrer besten Freundin, die in ihrer Heimatstadt als Gerichtsmedizinerin tätig ist.

»Hi Süße«, freut sich Alex. »Wie war dein Dinner?«, setzt sie hinzu und kichert ein wenig spöttisch.

»Schaurig. Dieser Emmermann wird nicht sympathischer, egal, wie sehr ich mich anstrenge. Was bloß der Rüde an dem findet...«

Sophie nimmt einen Schluck Wein und schildert anschließend die Begegnung in aller Ausführlichkeit.

»Da hattest du einen aufregenden Tag – neuer Fall inklusive«, resümiert ihre Freundin.

»Ja, das auch. Der wäre was für dich. Ein vergrabenes

Skelett.«

»Ah, die liebe ich! Da kann man nach und nach alles selbst entdecken. Geschlecht, Alter, Todesursache...«

»Ihr Rechtsmediziner seid ein unheimliches Volk – wie man so was lieben kann!«

»Apropos Liebe«, lenkt Alex das Gespräch geschickt auf ihr Lieblingsthema. »Was macht dein Feuerwehrmann?«

»Der hat heute Dienst.«

»Seid ihr jetzt eigentlich fix zusammen?«

»Keine Ahnung. Ich halte brav mein Herz fest und in der Zwischenzeit haben wir jede Menge Spaß. Ich darf es bloß nicht wieder verderben, indem ich mich verliebe.«

»Aber das ist doch Quatsch.«

»Ist es nicht«, bleibt Sophie stur. »Du weißt, dass meine Beziehungen allesamt den Bach runtergingen, wenn ich gefühlsmäßig zu stark involviert war.«

»Aber das heißt ja nicht, dass es ewig so weitergehen muss.«

»Ich will lieber nichts riskieren.«

»Und er?«

»Keine Ahnung. Er hat auch Spaß mit mir. Und der Sex ist mega. Also genieße ich es einfach, solange es anhält.«

»Okay. Darauf trinken wir.« Alex entkorkt deutlich hörbar eine Sektflasche.

»Trinkst du die jetzt ganz allein?«

»Keine Sorge«, lacht ihre Freundin. »Ich bekomme heute Abend noch Besuch.«

*Nur eine Ansicht ist unwahr,
die, dass nur eine Ansicht wahr sei*

Ernst von Feuchtersleben

DIENSTAG

8

»Bärchen, du bist schon wach?«
Maike dreht sich überrascht um, als ihr geliebter Rüdiger sie von hinten umarmt. »Ich hab doch den Kaffee noch gar nicht fertig.«
»Dann warte ich eben.« Er setzt sich zu ihr in die Küche, die Augen noch auf halbmast.
Sie strubbelt ihm liebevoll durchs Haar.
»Hast du gut geschlafen?«
»Gar nicht. Ich hatte zu viel Stress in meinem Traum. Der Paulsen wollte mir dich ausspannen! Direkt auf unserer Hochzeit.«
»Was, der Kriminaldirektor?« Maike kichert.
»Ja. Der Hund, der.« Nun schaut er so grimmig, dass sie lachen muss.
»Es war doch bloß ein Traum.«
»Aber ein verdammt realistischer. Am liebsten tät ich den wieder ausladen.«
»Quatsch. Aber ich finde es schön, dass du von unserer Hochzeit träumst.« Sie sieht ihn ganz verliebt an.
»Ich glaube, ich habe mich für ein Kleid entschieden, ein weißes, mit . . .«
»Schätzchen, hör doch mal«, unterbricht Thomsen.

»Was denn, ich hör nichts.«
»Eben. Der Kaffee ist fertig durchgelaufen.«
»Ja, richtig.« Maike wendet sich von ihm ab und der Kaffeemaschine zu.

Thomsen nutzt die Gelegenheit, um einen Blick auf die Sportnachrichten auf seinem Handy zu werfen, als plötzlich ein Anruf mit einer unbekannten Nummer aufpoppt.
»Thomsen.«
»Herr Hauptkommissar, hier spricht Arek Moll. Ist es wahr, dass Sie unsere Tochter gefunden haben?«

* * *

Sophie und Jasper haben sich an Svenjas Schreibtisch niedergelassen und nippen an ihrem frühmorgendlichen Kaffee.
»Das war 'ne kurze Nacht«, stöhnt Jasper. »Die Mutti war wegen der Leiche, die wir im Wald gefunden haben, schrecklich aufgeregt. Diese Pfadfinderinnen hatten damals bei ihr auf dem Campingplatz gecampt. Sie hatte ihnen ein eigenes Areal abgesteckt, am Rand des Platzes, inmitten von Bäumen und Büschen, wo sie unter sich waren. Und sie kannte ja die Organisatorin persönlich. Schließlich kamen die jedes Jahr. Also früher. Nachher nicht mehr. Das war vielleicht ein Drama, als das Mädchen verschwand.«
»Ich erinnere mich gut. Da hatte ich hier eben erst angefangen«, meint Svenja.
»Richtig.« Jasper kichert amüsiert. »Da ging es noch

den ganzen Tag *Herr Hauptkommissar bitte* und *Herr Hauptkommissar danke.«*

»Wenn man von der Sonne spricht . . .«, unterbricht Sophie, weil eben jener in diesem Moment hereingestürmt kommt. Mit einer Laune, als ob ein Sattelschlepper seinen Landrover planiert hätte.

»Wer hat die Eltern informiert?«, poltert er ohne Begrüßung.

»Welche Eltern?«, fragt Svenja irritiert zurück.

»Die Molls. Die Eltern von Kirsten Moll.«

»Ach, du meine Güte.« Jasper wird blass. »Könnte sein, dass das die Mutti war.«

»Ach ja?«, knurrt Thomsen. »Und wer hat da wohl geschnackt? Es gibt immer noch ein Dienstgeheimnis!«

»Chef, ich war das nicht. Ich schwöre! Meine Freundin, die Billi, war auch da. Als ich heimkam, wussten die beiden schon mehr als ich. Die wussten sogar von dem Hund!«

»Und?«, grollt Thomsen.

»Hatte die Maike denn keine Ahnung?«, fragt Svenja ein wenig hinterlistig.

»Doch, die wusste es auch schon«, muss der Hauptkommissar nun ein wenig widerwillig zugeben.

»Was wollten die Eltern von Kirsten?«, kehrt Sophie zum Thema zurück.

»Wissen, ob die Tote ihre Tochter ist.«

»Logisch.« Sophie nickt. »Das wollen wir doch auch.«

Als plötzlich das elektronische Möwengeschrei aus ihrem Diensthandy ertönt, hellt sich ihre Miene auf.

»Der Anruf kommt wie bestellt . . . das ist das Gerichtsmedizinische Institut, da hab ich heute schon dreimal angerufen.« Sie nimmt das Gespräch an und hört interessiert zu.

»Ja . . . okay . . . super. Ja, der Verdacht besteht . . . aha

... danke. Wir kommen.«
»Das war Dr. Jensen. Die Leiche ist noch in der Nacht eingetroffen und wird gerade vorbereitet. Wir können bei der Autopsie dabei sein.« Sophie sieht Jasper auffordernd an und er nickt sofort.
»Ach ja, und stellt euch vor, bei Dr. Jensen haben die Molls auch schon angerufen«, ergänzt sie ihre Ausführungen.
Svenja formt mit ihren Lippen einen traurigen Entenschnabel. »Was diese Eltern durchmachen, ist eine Tragödie.«
»Tragödie, Tragödie . . .« Thomsen streicht sich betont grüblerisch über seinen Drei-Tage-Bart. »Bei diesem Stichwort klingelt etwas in meinem Kopf . . . ach ja, genau, wie war denn das exquisite Dinner gestern Abend, Meerkatz?«
»Delikat«, beschränkt Sophie ihre Antwort auf ein einziges Wort. Lieber würde sie ersticken, als vor ihrem Chef zuzugeben, wie viel Kraft und Selbstbeherrschung ihr diese eine Stunde abverlangt hat.
»Delikat?«
Sie erkennt an seiner verblüfften Mimik, dass er mit dieser Antwort wohl nicht gerechnet hatte.
»Und auf zwischenmenschlicher Ebene? Wie lief es da?«, hakt er nach.
»Bestens. Wir sind jetzt per Aiko und Sophie«, erklärt sie und freut sich über sein verdutztes Gesicht.

9

Gerichtsmediziner Dr. Peter Jensen wirkt bei der Begrüßung in seinem Büro aufgeregter als Sophie ihn üblicherweise kennt. Der für seine nüchterne und sachliche Art bekannte Pathologe hat heute ein Glitzern in den Augen, das ihr fremd ist.

»Hier im Institut sind alle etwas aufgeregt«, erklärt er und nickt seinem Assistenten zu, »denn wenn es sich tatsächlich um Kirsten Moll handeln würde... ich meine, der Fall hat ganz Husum in Atem gehalten.«

»Versteh ich total«, pflichtet Jasper ihm bei. »Mir geht es genauso. Und meine Mutti ist so aufgewühlt deswegen, dass sie mich um den Großteil meines Schlafs gebracht hat.«

Sophie beobachtet, wie Dr. Jensen eine Augenbraue hebt, während er den jungen Kommissar mustert. Sie unterdrückt das Grinsen, das sich auf ihrem Gesicht ausbreiten will.

»Die DNA-Abnahme wäre vordringlich«, sagt sie stattdessen.

»Klar.« Jensen blickt neuerlich zu seinem Assistenten hinüber. »Dann mal los.«

An den Geruch, der in der Leichenhalle vorherrscht, wird sie sich nie gewöhnen. Dieses Mal kommt es ihr besonders schlimm vor. Der Leichnam – mittlerweile von der umgebenden Erde befreit – sieht aber auch richtig elend aus. Nachdem die Verwesung weit fortgeschritten ist, ist auch der Tierbefall in Form von Maden und anderen Larven erheblich.

»Ich dachte, die Leiche vorzubereiten heißt, sie von so was allem zu reinigen«, murmelt Jasper.

»Diese Tierchen sind wertvoll für die Bestimmung des Todeszeitpunktes«, kontert Jensen. »Und an dem sind Sie doch sicher interessiert.«

»Und wie«, erwidert Sophie.

Der Gerichtsmediziner nimmt nun mit einem langstieligen Wattestäbchen einen Abstrich aus der Mundhöhle und steckt ihn anschließend in ein Röhrchen, das er Jasper aushändigt.

Dann nimmt er noch weitere Proben von anderen Körperstellen, als Letztes noch einen Vaginalabstrich.

»Wir haben schon öfters fremde DNA im Mund- und Rachenbereich gefunden. Oder im Schambereich. Gerade bei weiblichen Opfern.«

Jasper nimmt die Röhrchen entgegen.

»Dann bring ich die Proben schnell zur KTU. Wir sehen uns dann im Büro.«

Sophie nickt und wendet sich wieder Dr. Jensen zu, der nun mit der Inspektion und Vermessung der Leiche beginnt. Er dokumentiert seine Erkenntnisse mithilfe eines Diktafons, das er mit dem Fuß bedient.

Plötzlich unterbricht er sich und sieht Sophie bedauernd an. »Ich denke nicht, dass wir es hier mit Kirsten Moll zu tun haben.«

»Nicht?«

»Nee. Wir haben hier zwar eindeutig ein jugendliches

Mädchen, aber ihre Haare sind sehr dunkel, fast schwarz und Kirsten war blond.«

»Sie könnte sie gefärbt haben.«

»Möglich. Aber das Mädchen hier ist sehr zierlich, vielleicht knappe 1,60 Meter groß, mit zarten, feingliedrigen Knochen. Ich hab mir heute Morgen die Zeitungsartikel über Kirsten noch mal durchgelesen. Sie war zwar gleich groß, aber sportlich und kräftig . . .«

»Könnte die Verwesung sie zierlicher gemacht haben?«, fragt Sophie.

Doch der Gerichtsmediziner schüttelt den Kopf.

»Nicht die Knochen. Außerdem, Kirsten war fünfzehn, als sie verschwand. Demnach wäre sie in den letzten drei Jahren überhaupt nicht mehr gewachsen. Das kann man bei Jugendlichen ausschließen. Gerade in diesem Alter schießen sie hoch wie Spargel.«

»Aber . . .«, beginnt Sophie verunsichert. »Das verstehe ich jetzt nicht. Ich dachte, diese Leiche ist bereits seit drei Jahren tot?«

»Was? Nein, nein. Natürlich nicht. Dann wäre nichts mehr an den Knochen dran. Die Tiere des Waldes lassen oft nicht mal diese übrig . . . nein, die Leiche hier ist schätzungsweise zwölf bis sechzehn Tage alt. Mit einigen Tests kann ich das noch eingrenzen.«

»Oh«, sagt Sophie, während sie diese Informationen verarbeitet. »Es handelt sich also um ein völlig unbekanntes Mädchen. Und wie alt ist sie?«

»Schwer zu sagen. Älter als vierzehn und jünger als achtzehn, wahrscheinlich sechzehn oder siebzehn, aber auch das kann ich mir noch genauer ansehen. Jetzt hat erst mal die Suche nach der Todesursache Priorität.«

Sophie nickt und sieht ihm zu, wie er akribisch mit seiner Untersuchung fortfährt.

Beim linken Unterarm – jenem, der nicht aus der Erde

heraus ragte – verweilt er deutlich länger.

»Hier ist eindeutig eine Fraktur. Und zwar eine ziemlich schlimme, sehen Sie? Elle und Speiche haben sich an den Bruchlinien verschoben, sie überlappen sich. Das muss extrem schmerzhaft gewesen sein.«

»Könnte es auch nach ihrem Tod passiert sein? Zum Beispiel durch einen Hieb mit der Schaufel, als sie vergraben wurde?«

»Nein, diese Verletzung geschah nicht post mortem. Der Knochen hat versucht zu heilen, sie hat danach noch eine Weile gelebt, offenbar ohne ärztliche Hilfe. Dieser Bruch hätte umgehend operiert werden müssen.«

»Hmm.« Betroffen sieht Sophie der weiteren Untersuchung zu. Der Täter hatte also ein junges, wehrloses Mädchen entsetzlich leiden lassen – bis es starb.

»Hier haben wir noch weitere Frakturen.« Dr. Jensen deutet nun auf den Brustkorb. »Zwei Rippen sind gebrochen, ebenfalls eine Zeit lang vor ihrem Tod. Um die gleiche Zeit wie der andere Bruch. Eine Rippe geht spitz nach innen, vielleicht hat sie die Lunge perforiert.«

»Wäre das die Todesursache?«, will Sophie wissen.

»Möglich. Ich werde jetzt den Brustraum öffnen.«

Sophie tritt vorsorglich einige Schritte zurück.

»Nun, die Sache ist nicht eindeutig«, erklärt Dr. Jensen, nachdem er Herz und Lunge ausgiebig begutachtet hat. »Diese Organe sind aufgrund der fortgeschrittenen Verwesung leider nicht mehr vollständig. Ich kann nicht sagen, ob eines von der gebrochenen Rippe gepikst worden ist.«

»Wäre es möglich, dass sie lebend begraben worden ist?«

»Möglich schon, aber eher unwahrscheinlich. Bei der einen Hand fehlen zwar schon einige Phalangen . . .«

»Phalangen?«, unterbricht Sophie.

»Fingerglieder«, erwidert Jensen. »Aber die andere Hand konnte ich mir genau ansehen. Wenn sie noch gelebt hätte, hätte sie versucht, sich auszugraben. Durch das Scharren wären Erdpartikel tief unter die Fingernägel geraten. Dafür fehlen jedoch jegliche Hinweise. Ich vermute eher, dass die unbehandelten Brüche der Rippen und der Unterarmknochen zu einer Sepsis geführt haben, an der sie dann verstorben ist.«

»Oh Mann, das ist echt traurig«, erwidert Sophie. »Bitte lassen Sie es mich so rasch wie möglich wissen, wenn Sie die Todeszeit und das Alter des Mädchens näher eingrenzen konnten.«

»Sicher.«

Auf dem Weg zur Tür fällt ihr doch noch etwas ein. Sie bleibt stehen und dreht sich um.

»Was ist eigentlich mit der Kleidung des Mädchens? Wurde da etwas gefunden?«

»Ja, richtig, die habe ich in einer Tüte bereitstellen lassen.« Er sieht sich suchend um und deutet dann auf einen durchsichtigen Plastikbeutel, der auf einem Stuhl liegt. »Eine Jeans und ein Pullover, mit einem Schriftzug vorne drauf, Socken und Sportschuhe.«

»Unterwäsche?«

»Ja, ein Slip war auch dabei.«

Sophie nimmt den Beutel an sich. Jemand hat sich die Mühe gemacht, einen Aufkleber mit Anmerkungen anzubringen. Blut im Schambereich der Unterhose und der Jeans, stand da zu lesen.

»Oho«, sagt Sophie und sieht Dr. Jensen fragend an. »Heißt das . . .?«

»Ich kann es nicht sagen. Die Verwesung ist zu weit fortgeschritten, als dass ich eine Vergewaltigung nachweisen könnte. Das Blut könnte auch andere Gründe gehabt haben. Vielleicht hatte sie ihre Menstruation und bekam keine Hygieneartikel.«

»Hm«, macht Sophie nachdenklich und verlässt nun endgültig die Leichenhalle.

10

Zurück im Büro findet Sophie bloß ihre Kollegin vor, die sich am Computer durch die Vermisstenanzeigen klickt.
»Wahnsinn, wie viele Menschen verschwinden«, murmelt sie.
»Wo ist der Rest des Teams?«, will Sophie wissen.
»Der Rüde wurde zum Dienststellenleiter gerufen, um die Pressekonferenz vorzubesprechen, die schon morgen stattfinden soll, und der Jasper . . . tja, der befindet sich irgendwie in einer heiklen Situation.« Svenja sieht missbilligend von ihrem Bildschirm auf.
»Soll heißen?«
»Seine Mutti hat ihn angerufen. Weil die Eltern von Kirsten Moll nun bei ihr aufgeschlagen sind.«
»Aber ist das nicht naheliegend? Wenn sie sich von früher kennen?«
»Schon, aber ich befürchte, dass die Ella ihren Jungen vereinnahmt«, seufzt Svenja. »Und diese Eltern, die können einem echt aufs Gemüt schlagen . . . Mann, hoffentlich haben wir bald Gewissheit.«
»Ein paar Stunden dauert es schon noch, bis wir das Ergebnis der DNA-Analyse haben. Aber große Hoffnung, dass es sich um besagte Kirsten Moll handelt,

hab ich nicht«, unterbricht Sophie. »Dr. Jensen ist sich ziemlich sicher, dass wir es mit einem anderen Mädchen zu tun haben.«
»Ach? Ist das so? Das heißt also Vollgas geben bei der Vermisstendatenbank...« Svenja wendet sich wieder dem Bildschirm zu und sieht dabei so frustriert aus, dass Sophie sich zu ihr setzt.
»Wie war dein Gespräch mit Okko gestern? Seid ihr beim Thema Heizung weitergekommen?«
»Nee.« Svenja schüttelt deprimiert den Kopf. »Er sagt, er kann sich keine neue Heizungsanlage leisten und damit Punkt. Ende der Diskussion. Von meinen Vorschlägen will er nichts wissen.«
»Was hast du denn vorgeschlagen?«
»Dass er dafür 'nen Kredit aufnimmt und ich die Raten dafür bezahle. Schließlich bleibt mir doch das Geld über, das ich für die Miete meiner Wohnung bezahlt habe, bevor ich zu ihm gezogen bin.«
»Klingt logisch.«
»Ist es auch. Aber trotzdem wird es nicht akzeptiert. Er lässt sich doch von seiner Freundin keine Heizung zahlen. Die wird erst saniert, wenn er genügend Geld dafür zurückgelegt hat. Und bis dahin muss ich frieren.«
»Das hat er so gesagt?«
»Nee. Der letzte Satz war meine Schlussfolgerung. Aber wahr ist es trotzdem. Also haben wir jetzt eine Beziehung auf Zeit. Spätestens im September such ich mir wieder eine Wohnung. Wie bescheuert ist das?« Svenja streicht sich traurig eine blonde Strähne aus ihrem Gesicht.
Sophie umarmt ihre Kollegin tröstend.
»Jetzt kommt erst mal der Sommer.«
»Ja«, seufzt Svenja. Ihre Augen wandern wieder zum Bildschirm zurück. »Also Mädchen zwischen sechzehn

und achtzehn?«
»Mach vierzehn bis neunzehn draus. Dass uns keine durchrutscht.«
»Okay. Weitere Merkmale?«
»Zierlich, 1,60 groß, braune Haare, keine Tattoos und auch keine sonstigen Auffälligkeiten«, erklärt Sophie. »Hat schon jemand von der SpuSi angerufen und Ergebnisse von der Grube gemeldet, in der sie vergraben war? Irgendetwas, das uns weiterhilft?«
»Also bei mir nicht.« Svenja schüttelt ihren Kopf so heftig, dass ihr blonder Pferdeschwanz hin und her wippt.
»Okay, ich fahr noch mal im Wäldchen vorbei. Und dann gleich weiter zur Ella. Vielleicht braucht Jasper ein wenig Unterstützung.«

* * *

Das Erdgrab in dem kleinen Waldstück ist großzügig mit Absperrband eingezäunt. Zwei Beamte des Spurensicherungsdienstes sind in weißen Schutzanzügen vor Ort. Einer nimmt Bodenproben, der andere sucht den Waldboden ab.
»Moin«, grüßt Sophie. »Habt ihr irgendwelche Infos für mich?«
»Nee. Hier ist nichts auffällig. Keine Bierdosen, keine Flaschen, keine Kippen. Nicht mal Tempos von 'nem heimlichen Klogang. Bloß Waldzeugs.«
»Waldzeugs?«
»Erde, Blätter, Rindenstücke, Insekten, 'ne tote Maus . . .«

»Also nichts, was uns weiterhilft?«
»Tja. Scheint so. Sollten wir doch noch was finden, melden wir uns.«
»Danke.«

Sophie tritt den Rückzug an. Unter diesen Umständen kann sie bloß hoffen, dass Svenja bei der Vermisstendatenbank mehr Erfolg hat. Denn derzeit haben sie nicht einmal den Hauch einer Spur.

11

Im Einfahrtsbereich von Ella Hinrichs' Campingplatz, auf dem Sophie ihren Dienstwagen parkt, geht es auf den ersten Blick sehr chaotisch zu. Fahrradfahrer und Fußgänger schlängeln sich zwischen Autos mit und ohne Wohnwagenanhänger hindurch. Doch jeder scheint zu wissen, wo er hin möchte.

Die Rezeption ist nicht besetzt. Erst im großen Gastraum dahinter wird Sophie fündig. Die kleine, rundliche Ella Hinrichs sitzt dort mit einem Ehepaar mittleren Alters an einem der gemütlichen Tische. Jasper steht mit besorgtem Blick und verschränkten Armen daneben.

»Und wie lange kann so eine Auswertung dauern?«, fragt der Mann mit den eingefallenen Wangen, dessen Haut beinahe so grau ist wie seine Haare.

Sophie räuspert sich. Ella springt auf und drückt sie zur Begrüßung impulsiv an sich.

Jasper lächelt erleichtert.

»Das sind Hilde und Arek Moll«, stellt er das Ehepaar vor.

»Oberkommissarin Meerkatz.« Sophie reicht den beiden die Hand.

Der Grauhaarige mustert sie skeptisch. »Ein neues Gesicht bei der Kripo Husum. Dann wissen Sie wahrscheinlich nicht, was vor drei Jahren mit unserer Tochter passiert ist?«
»Doch, natürlich. Das ist sicher das Schlimmste, was Eltern passieren kann.«
»Ja, die Unsicherheit bringt uns an den Rand des Wahnsinns. Deshalb sind wir auch sofort hergekommen, nachdem Ella uns angerufen hat.«
»Ach ja?« Sophie wirft der Mutter ihres Kollegen einen vorwurfsvollen Blick zu. Doch die hat es plötzlich sehr eilig, den Gastraum zu verlassen.
»Ich muss dringend zurück in die Rezeption, die steht schon viel zu lange leer«, entschuldigt sie sich.
Jasper schüttelt tadelnd den Kopf, während er ihr hinterhersieht.
Sophie setzt sich nun dem Ehepaar gegenüber und betrachtet die beiden eingehend. Sie wirken erregt und verzweifelt gleichermaßen. Erschöpft und unruhig. Ihre Kleidung in Grau und Beige gehalten. Als ob die Farbe aus ihrem Leben verschwunden wäre.
»Wissen Sie, wir warten schon so lange auf neue Hinweise...«, beginnt Arek Moll von Neuem.
»Hat Ihnen mein Kollege gesagt, dass es sich bei dem toten Mädchen, das wir im Wald gefunden haben, mit ziemlicher Sicherheit *nicht* um Ihre Tochter handelt?«, unterbricht Sophie.
»Ist das so?« Die Frau sieht irritiert von Sophie zu ihrem Mann und wieder zurück.
»Ja«, bestätigt Sophie. »Selbstverständlich haben wir trotzdem eine DNA-Probe genommen...«
»Wie lange dauert die Auswertung?«, will Kirstens Vater wissen und die Anspannung steht ihm ins Gesicht geschrieben.

»In einem so dringenden Fall wie diesem geht das an einem Tag. Wir werden heute Abend noch ein Ergebnis haben.«

»Gut.« Er presst die fahlen, blutleeren Lippen aufeinander und drückt die Hand seiner Frau.

»Ich gebe Ihnen dann Bescheid.« Sophie erhebt sich und reicht den beiden die Hand zum Abschied.

Sie nickt ihrem Kollegen auffordernd zu, der ihr bereitwillig ins Freie folgt. Vor der Tür sieht sie ihn nachdenklich an.

»Geht es nur mir so, oder hast du auch den Eindruck, die hoffen, dass die junge Tote ihre Tochter ist?«

»Irgendwie schon. Vielleicht können sie nicht mehr. Wollen abschließen, trauern, sich von der ständigen Ungewissheit befreien . . .«

»Scheint so.« Sophie schüttelt sich wie ein nasser Hund, der aus dem Meer kommt.

12

Rüdiger Thomsen beendet das Telefonat und nickt seinem Gegenüber, Dienststellenleiter Görg Petersen, bestätigend zu.

»Genau, wie ich es dir gesagt habe, Görg. Kriminaldirektor Paulsen kommt zur morgigen Pressekonferenz bloß dann, wenn wir tatsächlich die kleine Moll gefunden haben.«

Petersen, der wie jeden Tag ein zu enges kariertes Hemd trägt, nickt ergeben.

»Das kann man schon verstehen. Wenn wir dieses Mädchen nach drei Jahren endlich gefunden haben, wird das ein ganz großer Bahnhof.«

»Till«, brummt Thomsen.

»Wie bitte?« Petersen sieht ihn irritiert an.

»Till heißt der kleine Scheißer, der die Tote gefunden hat. Ein drei Monate alter Labradorwelpe, wie ich bereits erwähnt habe . . .«

»Ja, nun ja. Wir müssen ja nicht alle Details vor der Presse breittreten. Immerhin haben wir sie ausgegraben.«

»Richtig. So kann man es natürlich sehen, wenn man unter *wir* die Leute vom gerichtsmedizinischen Institut versteht . . .«

»Auf jeden Fall«, beharrt Petersen, »immerhin haben wir sie beauftragt.«

Thomsen grinst in sich hinein. Er kann sich die großen Töne schon vorstellen, die bei der morgigen Pressekonferenz gespuckt werden. Und zwar ganz besonders von Görg Petersen, der wie üblich keine Gelegenheit auslassen wird, seine Dienststelle in gutem Licht darzustellen.

»Und wenn nicht?«

»Wenn was nicht?« Petersen runzelt die Stirn.

»Wenns nicht die kleine Moll ist, sondern 'ne andere arme Haut, die jemand brutal entsorgt hat?«

»Tja. Das wär schlecht. Ganz schlecht sogar. Dann hätten wir 'ne Vermisste, die nach drei Jahren noch nicht wieder aufgetaucht ist, und 'n neues totes Mädchen dazu. Das gibt 'ne verdammt schlechte Presse, gerade am Beginn der Tourismussaison. Der Bürgermeister hat mich heute schon zwei Mal angerufen, er ist äußerst besorgt.«

»Um die Sicherheit junger Mädchen in Husum oder um die Tourismuseinnahmen?«

»Mann, Rüde, das hier ist kein Thema zum Scherzen! So oder so müsst ihr den Täter schnellstens dingfest machen.«

»Ja.« Thomsen erhebt sich. »Da sind wir uns einig. Mein Team ist bereits voll im Einsatz.«

»Wenn ich euch irgendwie unterstützen kann . . .«

»Kannst du«, unterbricht Thomsen, der nur auf diese, meist hohle Phrase, gewartet hat. »Die Überstunden vom letzten Fall, die wir jetzt eigentlich abbummeln sollten, die würden sich auf den Konten meiner Leute gut machen.«

»Mann, Rüde«, stöhnt Petersen erneut. »Du weißt doch, was für ein administrativer Spießrutenlauf das ist.«

»Klar. Und wenn einer das hinkriegt, dann du. Oder hast du 'ne bessere Idee, meine Leute zu motivieren?

Denk daran, das sind die, die rund um die Uhr ermitteln, um die sensationellen Ergebnisse zu erzielen, die du anschließend präsentieren darfst.«
»Verdammt Rüde! Du weißt selbst, wie kompliziert das ist. Das lässt sich nicht in wenigen Minuten erledigen . . .«
Thomsen setzt sich wieder hin und streckt demonstrativ die Beine von sich.
»Das macht nichts. Ich hab Zeit.«

13

Svenja verlässt das Büro ihres Vorgesetzten und schließt die Tür hinter sich. Sie bläst sich eine blonde Strähne aus dem Gesicht und bleibt vor Jaspers Schreibtisch stehen.
»Die Eltern von Kirsten Moll sind schon wieder am Telefon. Sie beknien den Rüden, dass sie bei der Pressekonferenz einen neuen Aufruf nach ihrer Tochter starten können – natürlich nur, falls die Tote nicht Kirsten ist.«
»Mann . . .« Jasper unterbricht das Tippen auf der Tastatur. »Auf Kinder muss man echt gut aufpassen.«
»Ja. Merk dir das gleich, du Papa in Ausbildung.«
»Wow.« Er lehnt sich sonnig grinsend zurück. »Wie das klingt. *Papa* . . . was meint ihr, wie lange dauert es, bis das Baby das sagen kann?«
»Kommt ganz drauf an«, meint Svenja schmunzelnd.
»Worauf?«
»Ob das Kind nach dir oder nach Billi kommt.«
»Hey, diesmal check ich, dass du mich auf den Arm nimmst.«
Svenja zeigt ihm amüsiert das Daumen-Hoch Zeichen.
»Ich finde, das ist wichtig«, sagt Sophie plötzlich.
»Dass sie mich auf den Arm nimmt?« spielt Jasper den

Gekränkten.«»Und ich dachte immer, dir wäre professioneller Umgang und Respekt wichtig . . .«
»Dass die Eltern eine Redezeit bekommen auf der morgigen Pressekonferenz«, stellt Sophie klar.
»Ach so.« Jasper kratzt sich nun ein wenig verlegen am Hinterkopf, da, wo sich seine Haare bereits deutlich lichten.
»Auch wenn das gar nichts mit unserem Fall zu tun hat?«, wundert sich Svenja.
»Erstens wissen wir das nicht und zweitens geht es doch um die Sache. Auch wenn wir aktuell nicht an dem Vermisstenfall arbeiten, könnte ein neuerlicher Aufruf frischen Wind in den alten Fall bringen. Irgendetwas ist schließlich mit ihr passiert.«
»Stimmt.« Jasper wirft Sophie einen anerkennenden Blick zu und wendet sich anschließend wieder an Svenja. »Was ist eigentlich bei deiner Recherche in der Vermisstendatenbank herausgekommen?«
»Nicht viel, leider. Oder zum Glück, wie man es nimmt. Aktuell gibt es kein vermisstes Mädchen, wo Alter, Größe und Gewicht passen. Allerdings könnte es ja auch eines sein, das schon vor Jahren verschwunden ist und damals eben entsprechend jünger war. Wenn die Ergebnisse der DNA-Analyse da sind, wissen wir mehr. Bei so gut wie allen Vermissten sind DNA-Spuren hinterlegt.«
Die Tür zum Büro des Hauptkommissars öffnet sich und Thomsen quert den Großraum.
»Noch Kaffee übrig?«
»Sicher«, antwortet Svenja und heftet sich an seine Fersen. »Was gibts Neues?«
»Nicht viel. Bloß, dass mir der Moll ein Ohr abgekaut hat, bis ich ihm versprochen habe, dass er und seine Frau morgen auf der Pressekonferenz fünf Minuten für einen

Appell nutzen dürfen. Ist das DNA-Ergebnis schon da?«

»Nee.« Svenja verzieht bedauernd das Gesicht, als plötzlich elektronisches Möwengeschrei den Großraum füllt. Alle drehen sich zu Sophie um, die zu ihrem Handy greift und das Gespräch annimmt.

»Ja? Klar. Aber sicher doch.« Sie legt wieder auf und trippelt mit ihren Fingerspitzen aufs Display.

»Und?«, platzt Thomsen unbeherrscht heraus. Auch die anderen starren sie gespannt an.

»Taako hat gesagt, dass er später noch vorbeikommt. Um mit mir, na ihr wisst schon . . . und er bringt Krabbenbrötchen mit.«

»Schön für dich«, grummelt Thomsen und bringt Svenja zum Kichern.

Die elektronischen Möwen kreischen erneut. Sophie ist sich der neugierigen Blicke der anderen bewusst, als sie neuerlich abhebt.

»Ja? Echt? Alles klar, dann bis später.«

»Bringt er Champagner mit? Oder 'n Schaumbad?«, brummt ihr Chef zynisch.

»Weiß nicht.« Sie grinst. »Wär beides toll. Aber das war Jan Gerdes. Die DNA-Auswertung ist fertig und er hat die Proben verglichen. Die Tote aus dem Wald ist definitiv nicht Kirsten Moll.«

»Mist«, flucht Thomsen. »Genau das habe ich befürchtet. Und was sollte das *bis später*?«

»Er lässt die DNA der Unbekannten nun durch alle Datenbanken laufen, vielleicht ist sie irgendwo gespeichert. Dann wüssten wir endlich, wer sie ist.«

»Das wäre ein wichtiger erster Schritt.« Thomsen begibt sich zur Garderobe und nimmt seine Jacke vom Haken. »Ich will euch alle morgen um sechs Uhr früh hier sehen. Um neun ist die Pressekonferenz und wir haben davor noch 'ne Menge zu tun.«

*Wer nur aufs Wasser blickt,
kennt nicht das Meer*

MITTWOCH

14

Um 07:27 und damit genau eine Stunde und dreiunddreißig Minuten vor dem Beginn der Pressekonferenz kam der Anruf, der den aktuellen Fall ergebnismäßig auf Null setzte. Seitdem versucht Hauptkommissar Rüdiger Thomsen verzweifelt, aus Nichtwissen Informationen zu basteln.
»Das wird ein Desaster«, stöhnt er. »Meine Hoffnung war, dass die DNA der unbekannten Leiche in irgendeiner unserer Datenbanken aufpoppt. Aber so? Wir haben nichts. Keinen Namen, keinen Hinweis, nicht einen einzigen Anhaltspunkt.«
»Dann bitte eben um Mithilfe«, schlägt Sophie vor. »Vielleicht hat jemand das Mädchen gesehen, das würde uns weiterhelfen.«
»Wir haben kein Foto, nicht mal 'ne Skizze, weil ihr Gesicht in einem Zustand war, der . . . ach, ihr wisst schon.« Er wendet sich mit verzerrten Mundwinkeln ab.
»Wir haben die Kleidung«, hält Sophie tapfer dagegen. »Jeans, Pulli, Sneakers . . . wir haben Fotos davon, die kannst du herzeigen. Und sie war zierlich, lange dunkle Haare, vielleicht ein südlicher Typ.«
»Südlicher Typ? Wie meinst denn das jetzt?«

»Vielleicht Italienerin oder Griechin, Spanierin . . . es gibt viele Länder im Süden.«

»Hm«, brummt Thomsen. »Sind noch weitere Infos von Dr. Jensen gekommen?«

»Moment.« Svenja checkt sofort pflichtschuldigst den E-Mail-Eingang. »Doch ja, er hat vor wenigen Minuten eine Nachricht geschickt. Demnach ist das tote Mädchen vermutlich siebzehn Jahre alt und vor zwei Wochen verstorben. Ihre langen, dunkelbraunen Haare waren nicht gefärbt. Weitere Verletzungen als die bereits genannten hat er nicht gefunden. Daher ist er sich ziemlich sicher, dass sie an einer Sepsis gestorben ist.«

»Und warum hat sie niemand als vermisst gemeldet?«, grätscht Jasper in die Unterhaltung. »Wenn sie erst siebzehn war, muss sie doch irgendwo hingehören.«

»Genau das Gleiche wird mich die Presse auch fragen«, stöhnt Thomsen.

»Da kannst du sowieso nichts gegen machen. Wenn sie dich zu sehr nerven, dann übergib das Wort den Molls. Die wollen schließlich mit der Presse reden«, empfiehlt Sophie.

»Trotzdem . . . irgendwie stimmt da etwas nicht«, überlegt Thomsen. »Denkt ihr, die beiden Fälle gehören zusammen?«

»Wär möglich«, meint Sophie. »Ich hab auch schon drüber nachgedacht – ob ein und derselbe Täter dahintersteckt? Es würde helfen zu wissen, wie lange die unbekannte Jugendliche in seiner Gewalt war. Dr. Jensen meinte, dass zwischen den Verletzungen und dem Tod sechs bis sieben Tage vergangen sind. Aber wir wissen nichts über die Zeit davor. War unsere Unbekannte da bereits . . .«

»Uma«, unterbricht Svenja.

»Wer ist Uma?«, will Jasper wissen.

»Na, die Tote. Ich finde, wir sollten ihr einen Namen geben, und *Jane Doe* ist so unpersönlich.«
»Und warum Uma?«
»Keine Ahnung. Ist mir eben so eingefallen.«
»Das ist doch jetzt egal.« Thomsen wischt die Diskussion mit einer Geste beiseite. »Wo sind die Fotos von der Kleidung?«
Sophie reicht ihm die Ausdrucke. Er nimmt sie an sich und wendet sich an Svenja.
»Druck mir die E-Mail des Gerichtsmediziners auch noch aus.«

15

Jasper lehnt am Türrahmen und verfolgt gespannt das einleitende Statement des Dienststellenleiters, der neben dem Hauptkommissar am Podium Platz genommen hat.

Wie jedes Mal plagt sich Görg Petersen ein wenig mit dem Mikrofon und wie jedes Mal zeichnen sich die typischen roten Flecken in seinem Gesicht ab, die eine bekannte Begleiterscheinung seines erhöhten Pulses sind. Und Pressekonferenzen sind regelmäßig dazu geeignet, seinen Puls in die Höhe zu treiben. Speziell jene, bei denen sie nicht den Hauch einer Spur vorweisen können. Heute kommt noch hinzu, dass sie nicht einmal wissen, wer das Opfer ist.

Bei der ersten unangenehmen Frage seitens einer engagierten Journalistin erhebt er sich wieder und verweist auf den ermittelnden Beamten, Hauptkommissar Rüdiger Thomsen.

Jener macht seine Sache wieder mal bravourös, wie Jasper von seinem Beobachtungsposten aus neidlos feststellt. Thomsen schildert die Auffindesituation, die Bergung und die Autopsie der Leiche so eindrucksvoll, als ob er jede Minute dabei gewesen wäre. Lediglich die Beteiligung des jungen Labradors bleibt unerwähnt – das war das Zuständnis für die Auszahlung der Überstunden an sein Team gewesen – weswegen das aktuelle Narrativ nun lautet, man habe nach einem Hinweis aus der Bevölkerung die Leiche entdeckt und geborgen.

Als der erste Journalist gezielt nach dem Hund fragt, lügt er ihm glatt ins Gesicht.

»Eine Hamburger Touristin hat uns einen Tipp gegeben, selbstverständlich war ihr Hund im Wald angeleint und nicht an der Leiche dran.«

Anschließend lenkt er das Thema geschickt auf die Kleidung der Toten. Geduldig hält er die Fotos von Jeans, Sweater und Sneakers in die Kamera. Dazu beschreibt er die zierliche Jugendliche, die darin steckte, so lebhaft, dass die anwesenden Journalisten ein Bild von ihr malen könnten.

»Haben wir es hier mit einem Serientäter zu tun?«

Bamm. Die nächste Hammerfrage.

Jasper kann bereits den Bürgermeister händeringend vor sich sehen. Das kommt einer Aufforderung zum Wegbleiben gleich. *Liebe Touristen, wenn ihr Töchter im jugendlichen Alter habt, kommt nicht hierher.*

»Für diese Annahme haben wir derzeit keinen Anhaltspunkt«, erklärt Thomsen sachlich. »Wir freuen uns aber sehr über das rege Interesse und erhoffen uns viele weiterführende Hinweise aus der Bevölkerung. Auch die Eltern der seit drei Jahren vermissten Kirsten Moll sind heute hier. Bitte schenken Sie Hilde und Arek Moll ebenfalls ihr Gehör. Drei Jahre sind eine lange Zeit und vieles hat sich seither verändert. Vielleicht ist nun jemand bereit, eine Information mit uns zu teilen, der sich bisher nicht überwinden konnte. Vielleicht erinnert sich jemand an etwas, das ihm früher nicht eingefallen ist, oder vielleicht kam es zwischenzeitig zu Entwicklungen, die uns weiterhelfen können. Auf jeden Fall möchten wir die Gelegenheit nutzen, all jene, die denken, dass sie uns helfen können, zu ersuchen, sich bei uns zu melden. In diesem Sinne danke ich Ihnen allen für Ihr Erscheinen und für Ihre journalistische Arbeit, die uns hilft, die Menschen zu erreichen. Ich übergebe nun das Wort an Arek Moll.«

Thomsen schaltet sein Mikro ab und lehnt sich zurück. Während der Vater des vermissten Mädchens sich holprig warm stottert, lässt er seine Blicke durch den Saal schweifen. Die Pressekonferenz ist gut besucht. Sogar zwei Fernsehteams sind anwesend. Bestimmt wird das heute noch ausgestrahlt. Alles in allem ist er zufrieden. Es hätte schlimmer laufen können.

Er entdeckt Jasper, der an dem Türrahmen lehnt und die Sache offenbar ähnlich sieht, denn er deutet mit dem Daumen nach oben.

Thomsen nickt ihm zu. Nun müssen sie abwarten. Das ist der Teil seines Jobs, den er am wenigsten mag.

16

Im Großraum wartet eine angenehme Überraschung auf die Ermittler. Maike ist gekommen und hat ein großes Tablett mit Käsekuchen mitgebracht. Jasper stürzt sich darauf wie ein Ertrinkender auf einen Rettungsring.
»Wie war die Pressekonferenz?«, will sie von ihrem Bärchen wissen.
»Ist gut gelaufen, aber nun ist Warten angesagt.«
»Das hör ich gern.« Sie lächelt ein wenig durchtrieben. »Ich brauche nämlich dringend Unterstützung bei den Blumenarrangements für unseren großen Tag. Das muss alles rechtzeitig bestellt werden.«
»Ach ja? Kannst du nicht einfach welche aussuchen? Für mich sehen die sowieso alle gleich aus. Ich helf dir lieber beim Tortenprobeessen.«
»Das könnte dir so passen. Die Blumen such ich sicher nicht allein aus. Schlimm genug, dass ich beim Kleid ganz auf mich allein gestellt bin«, lacht Maike und schickt einen gespielt vorwurfsvollen Seitenblick in Svenjas Richtung.
»So 'ne Hochzeit vorzubereiten ist ganz schön aufwendig«, mault Thomsen. »Dagegen ist 'ne Mordermittlung das reinste Kinderspiel.«
»Solange man nicht völlig im Dunkeln tappt«, unkt

Jasper mit vollen Backen. »Hat irgendwer irgend 'ne Idee, wie wir vorankommen könnten?«

Wie von selbst wandern alle Augen zu Sophie.

»Ich hab mir tatsächlich schon etwas überlegt, und zwar in die Richtung, dass die beiden Fälle zusammenhängen könnten.«

»Das dachte ich auch«, platzt Svenja dazwischen.

»Jetzt lass sie mal reden«, verlangt Thomsen, bevor er seinen Mund mit einem Kuchenstück verschließt.

»Wenn es der gleiche Täter ist, der es, aus welchen Gründen auch immer, auf junge Mädchen abgesehen hat, ist unsere Unbekannte – Uma – vielleicht nicht die Einzige, die er vergraben hat«, führt Sophie ihre Gedanken aus.

»Du denkst, da sind noch mehrere Leichen im Wald?« Jasper verschluckt sich vor Überraschung und beginnt schrecklich zu husten.

»Wär doch möglich. Vielleicht ist Kirstens Leiche dort ebenfalls vergraben. Nur ein wenig besser, sodass keine Extremitäten von ihr aus der Erde herausragen.«

»Du willst, dass wir den Wald durchsuchen?«

Thomsen sieht sie nun missbilligend an.

»Nun, irgendwas müssen wir doch tun. Ein Spürhund könnte uns da wertvolle Dienste liefern.«

»Können denn Hunde eine schon vor drei Jahren gut vergrabene Leiche finden?«, fragt Svenja skeptisch.

»Klar. Die riechen Leichen in allen möglichen Verwesungsstadien bis zwei Meter unter der Erde. Aber wenn jemand von euch eine bessere Idee hat ... ?«

Es bleibt ruhig im Großraum. Thomsen streicht sich über seinen Stoppelbart und blickt seine Verlobte an.

»Wird wohl leider nichts mit der Blumenauswahl. Ich ruf mal Hundepapa Helge an.«

Sie zieht einen Flunsch, aber Svenja zwinkert ihr zu.

»Schick mir Fotos von den Arrangements, die dir am besten gefallen, und dann schnacken wir mal zwischendurch.«

Maikes Gesichtszüge hellen sich wieder auf. Sie wendet sich Jasper zu, der bereits zum dritten Mal nach einem Stück Kuchen greift.

»Ich habe gehört, du hast ein ganz besonderes Foto?«

»Oh ja.« Augenblicklich beginnt er zu strahlen, als ob man ein Licht in seinem Schädel angeknipst hätte. Stolz fummelt er das Ultraschallbild aus der Jackentasche.

»So putzig«, sagt Maike und streicht liebevoll über das Papier. »Habt ihr schon einen Geburtstermin?«

»Ja. 30. November.«

»Ui, das dauert aber noch lang.«

»Du sagst es«, stöhnt Jasper, »und das, obwohl die Billi jetzt schon . . .«

Doch das Läuten von Svenjas Telefon unterbricht ihn.

»Ja? Aha, gut. Stell sie durch«, verlangt sie gebieterisch, um kurz darauf die Stirn zu runzeln. »Was? Hier? Aha. Okay. Dann bring sie in den Vernehmungsraum. Nein, den mit dem Fenster im ersten Stock. Wir sind gleich da.«

Thomsen hebt eine Augenbraue.

»Wir haben Besuch?«

»Das war Marta von der Zentrale. Eine alte Dame hat sich bei ihr als Zeugin gemeldet. Persönlich. Sie sagt, sie kennt Uma.«

»Uma?«, fragt Maike verwirrt.

»Die unbekannte Tote«, antworten Thomsen und Sophie zeitgleich. Jasper nickt bloß, da er sich soeben das vierte Stück Käsekuchen in den Mund geschoben hat.

»Dann mal los, Meerkatz«, ordnet der Hauptkommissar an. »Hör dir an, was sie zu sagen hat, und wir anderen stellen die Durchkämmung des Wäldchens für morgen auf die Beine.«

17

Ruth Brehm, die sich als Zeugin gemeldet hat, stellt sich als sehr herzliche alte Dame heraus, die demnächst ihren achtzigsten Geburtstag feiert. Ihr langes weißes Haar trägt sie hochgesteckt, was ihr eine gewisse Eleganz verleiht. Sie wirkt ehrlich erschüttert, als sie Sophie die Hand schüttelt.

»Ich habe es soeben in den Mittagsnachrichten gesehen. Als die Kleidung des Mädchens eingeblendet wurde, blieb mir gleich der Bissen im Hals stecken.«

»Sie kannten sie?«

»Klar. Also eigentlich nicht. Sie war eine Fremde. Aber gesehen habe ich sie.«

»Dann erzählen Sie mal.«

»Das war vor drei Wochen, eigentlich sogar dreieinhalb. Am Montag, da fuhr ich abends von meiner Schwester – die wohnt in Hamburg, müssen Sie wissen – mit dem Zug heim. Ich setzte mich allein in ein Sechserabteil, um in Ruhe lesen zu können, doch noch bevor der Zug anfuhr, schlüpfte sie zu mir herein. Sie war so ein zartes, hübsches Mädchen.«

»Sind Sie ganz sicher, was die Kleidung betrifft? Hatte sie genau diese Sachen an?«

»Bei dem Pullover bin ich mir sicher, dieser College-Schriftzug vorne drauf ist doch sehr auffällig, und bei den roten Sneakers auch, weil ich mir immer ansehe, was die Leute an den Füßen tragen. Und ich weiß, dass sie 'ne zerrissene hellblaue Jeans trug, ob das die gleiche war, die Sie gefunden haben, kann ich nicht sagen. Wo welcher Riss war, hab ich mir natürlich nicht gemerkt.«

»Haben Sie mit dem Mädchen gesprochen?«

»Natürlich. Ich hab sie gefragt, ob sie ein Auge auf meinen Trolley werfen kann, als ich auf Toilette musste. Sie sagte ja. Aber sie sah mich auf eine Art und Weise an, dass ich nicht sicher war, ob sie mich verstanden hatte. Also hab ich sie gefragt, woher sie kommt, und sie sagte Bukarest.«

»Bukarest?«

»Ja, aber Genaueres habe ich nicht erfahren. Ich habe dann später noch mal versucht, sie in ein Gespräch zu verwickeln. Das hat leider nicht geklappt. Sie lächelte zwar freundlich, blieb aber sehr einsilbig. Ich denke, sie hat kaum Deutsch verstanden.«

»Haben Sie es mit Englisch probiert?«

»Nein. Auf die Idee bin ich gar nicht gekommen. Nun, mein Englisch ist auch nicht sehr gut.«

»Hm.« Sophie dreht den Stift in ihrer Hand hin und her. »Hat sie erwähnt, so sie hinwollte?«

»Nein. Aber sie ist in Husum ausgestiegen. So wie ich. Eine Weile sind wir noch nebeneinander hergegangen. Vor dem Bahnhof hab ich mir ein Taxi genommen und sie ist weitergegangen, Richtung Hafen. Ich hab sie gefragt, ob sie ein Stück im Taxi mitfahren will, aber sie hat abgelehnt. Oder vielleicht hat sie mich auch einfach nicht verstanden.«

»Ist Ihnen sonst noch etwas aufgefallen? Welches Gepäck hatte sie dabei?«

»Nun, sie hatte kaum Gepäck. Keinen Koffer, Trolley oder so etwas. Bloß eine Tasche. Aber keine Handtasche, mehr so eine Art Sporttasche.«
»Welche Farbe hatte die Tasche?«
»Schwarz.«
»Konnten Sie die Marke erkennen?«
»Nee, leider. Da hab ich nicht drauf geachtet.«
»Wirkte sie ängstlich, fühlte sie sich bedroht? Hat sie sich ständig umgesehen?«
»Nein, nichts davon. Sie wirkte ruhig, introvertiert. Im Zug hat sie die ganze Zeit mit ihrem Handy gespielt.«
»Sie hatte ein Handy?«
»Klar. Wer hat keines? Sogar ich alte Schachtel hab so ein Ding.« Sie lacht kurz auf. Dann blicken ihre Augen wieder ernst. »Das ist so traurig. Sie war so ein hübsches junges Mädchen. Sie hatte ihr ganzes Leben noch vor sich.«

18

Elvira sieht auf die Uhr. Noch zehn Minuten bis zur Ankunft in Husum. Sie checkt ein letztes Mal die Adresse, die Ben ihr geschickt hat. Das Apartment liegt zwischen dem Hafen und dem Einkaufszentrum. Bloß zehn Minuten zu Fuß vom Bahnhof. Und ganz in der Nähe vom Hotel *Zum Anker*, wo Kurt sich einquartiert hat. Angeblich 'ne Geschäftsreise. Schon die dritte diesen Monat. Und jedes Mal nach Husum.

Den *Anker* kann sie sich von ihrem mageren Gehalt nicht leisten, weswegen sie lieber auf das Gratis-Couchsurfing-Angebot von Ben zurückgreift. Obwohl ihre Freundin Mona sich dagegen ausgesprochen hat. Sich zu einem Fremden auf die Couch zu legen, wäre ein zu großes Risiko.

Aber ihr ist das Risiko egal. Sie muss wissen, ob Kurt sie betrügt. Und mit ihren finanziellen Mitteln hat sie nun mal keine andere Wahl.

Nicht jeder Mann, der kostenlos Couchsurfing anbietet, muss gleich ein Meuchelmörder oder perverser Vergewaltiger sein. Oder beides, wie Mona befürchtet.

Als der Zug mit lautem Quietschen hält, packt sie ihre Tasche und beeilt sich hinaus. Draußen auf dem

Bahnhofsplatz öffnet sie Google Maps, gibt Bens Adresse ein und lässt sich von der App leiten.

Am Hafen legt sie einen kurzen Stopp ein. Die Kulisse ist zu malerisch, um einfach daran vorbeizugehen. Das Wasser steht hoch, die Boote am Ufer schaukeln sanft und die Möwen laufen über das Kopfsteinpflaster. Ab und zu fliegt eine hoch. Doch die meisten ruhen auf einem der dicken Pfosten, an denen die Boote vertäut sind.

Auch der Hunger macht sich bereits bemerkbar und so reiht sie sich ein in die Traube Touristen, die am Fischbrötchenstand anstehen.

Die Preise hier sind aber auch nicht ohne, denkt sie, während sie sich für ein Brötchen mit Backfisch und Remoulade entscheidet. Auf ein Getränk verzichtet sie, um Geld zu sparen, denn in Bens Wohnung hat sie sicher die Möglichkeit, Wasser zu trinken.

Das Haus, zu dem die App sie schließlich führt, sieht ein wenig heruntergekommen aus. Es liegt in einer schmalen Seitengasse, die grau in grau gehalten ist. Die Haustür zur Straße ist bloß angelehnt und so schlüpft sie ungesehen ins Innere. *Die Treppen hoch, bis zur letzten Tür*, hatte Ben geschrieben. Besagte Tür ist dunkelgrün, doch sie kann nirgendwo eine Klingel entdecken.

Also klopft sie.

Nun wird ihr doch ein wenig mulmig.

Das ändert sich auch nicht, als die Tür geöffnet wird. Der Mann, der dahintersteht, sieht ungepflegt aus. Er ist jung, sicher nur unwesentlich älter als sie selbst, aber sein verfilzter Bart wirkt abschreckend. Genauso wie die Brille, deren schmutziges Glas nicht verdeckt, dass seine Augen ein wenig auseinanderlaufen. Eines nach links und das andere nach rechts.

»Ich bin Elvira. Wir haben gesimst.«

»Klar.« Er grinst verlegen und zieht die Tür weit auf. Sie kann die Couch bereits sehen, und sie sieht akzeptabel aus. Also gibt sie sich einen Ruck und betritt die Wohnung, die insgesamt einen schmuddeligen Eindruck macht.

»Also, das ist okay für dich, wenn ich hier die Nacht verbringe?«

»Klar.« Er grinst wieder. Auf diese scheue, verlegene Art.

Ihr Handy meldet mit einem Piepton das Eintreffen einer neuen Nachricht.

Von Kurt.

Bin noch unterwegs. Rufe dich später an, nachdem ich im Hotel eingecheckt habe.

Gut, denkt sie, dann werde ich dort schon bald für eine nette kleine Überraschung sorgen.

»Machs dir bequem«, sagt Ben. »Ich muss mal eben los, was vom Laden holen.«

»Okay.«

Elvira setzt sich mit ihrer Tasche auf die Couch und atmet erleichtert auf, als er hinter sich die Tür zuzieht.

Bin jetzt angekommen. Alles okay, schreibt sie, wie vereinbart, an ihre Freundin Mona. Dann sieht sie sich um.

Die Wohnung ist klein. Im Wohnzimmer gibt es bloß die Couch mit einem kleinen Tischchen, das daneben platziert wurde, und einer Kommode gegenüber, auf der ein Fernseher steht. Daran schließt sich eine winzige Küche an, von der eine Tür in einen weiteren Raum führt. Sie öffnet sie vorsichtig und ein unangenehmer Geruch von verbrauchter Luft schlägt ihr entgegen. Das zerwühlte Bett bestätigt, was sie ohnehin vermutete. Dies ist Bens Schlafzimmer und er ist offensichtlich kein großer Fan von regelmäßigem Lüften. Dafür umso mehr von toten Insekten. In Reih und Glied aufgespießt, zählt sie mindestens dreißig Schmetterlinge. Angewidert zieht sie die Tür wieder zu und geht ins Wohnzimmer zurück. Nun gilt es, Zeit totzuschlagen.

Sie lümmelt sich auf die Couch und angelt sich die Fernbedienung, die auf dem Kästchen nebenan liegt. Ferngucken war immer schon ein probates Mittel, um den Tag rumzukriegen.

Der Sender, der voreingestellt ist, bringt gerade die aktuellen News des Tages. Für Nachrichten hat sie sich noch nie interessiert. Sie will gerade weiter zappen, als die Berichterstattung von der politischen Situation Deutschlands zu einer Mordermittlung in Husum wechselt. Das getötete Mädchen war erst siebzehn Jahre alt. Drei Jahre jünger als sie. Und sie war nicht mal sexy gekleidet, mit ihren zerrissenen Jeans und dem grauen Schlabberpulli.

Elvira sieht an sich selbst herab und zieht unwillkürlich ihren Minirock tiefer nach unten. Ob dieser Ausflug vielleicht doch ein Fehler war? Je länger sie dem Bericht zuhört, desto stärker breitet sich ein flaues Gefühl in ihrem Magen aus.

Plötzlich stockt ihr der Atem. Was war das? Ein Schlüsselgeräusch? Als die Tür zur Wohnung aufgestoßen wird, zuckt sie zusammen. Ihr Herz klopft so wild, dass ihr davon schwindlig wird.

19

Als Sophie in den Großraum zurückkehrt, findet sie dort bloß Svenja vor.

»Der Rüde und der Jasper haben sich zu einer Lagebesprechung mit Helge Klausen getroffen, um den morgigen Einsatz des Spürhundes zu besprechen. Was hast du erfahren?«

»Frau Brehm, eine wirklich nette alte Dame, ist mit deiner Uma Zug gefahren«, berichtet Sophie. »Angeblich kam das Mädchen aus Bukarest.«

»Rumänien?« Svenja macht große Augen.

»Kennst du ein anderes Bukarest?«

»Nee. Langer Weg bis nach Husum.«

»Richtig. Sie muss einen Grund gehabt haben, ausgerechnet hierherzukommen«, überlegt Sophie.

»Hat sie den der netten alten Dame auch genannt?«

»Leider nicht. Das wars schon mit den Infos. Ach ja, sie hatte 'ne schwarze Sporttasche und ein Handy dabei, als sie zu Fuß Richtung Hafen ging. In Summe nichts, was uns weiterhilft.«

»Also wieder warten?« Svenja verdreht die Augen.

»Ja. Warten und die Vermisstenmeldungen aus Rumänien bei Interpol durchackern. Und natürlich

hoffen, dass sie jemand in Husum gesehen hat.«
»Das ist ein Elend«, stöhnt Svenja. »Aber was mutt dat mutt. Zum Glück ist morgen mehr Action angesagt. Der Rüde hat eingewilligt, dass ich bei der Suche im Wald vor Ort sein darf.«
»Glückwunsch. Dann bis morgen.« Sophie nimmt ihre Jacke vom Haken und genießt es, wie sich in ihrem Gesicht ganz von selbst ein Lächeln ausbreitet. »Auf mich wartet heute nämlich jemand.«
Svenja wickelt eine ihrer blonden Strähnen um einen Finger.
»Du Glückliche«, murmelt sie, während sie ihrer Kollegin hinterhersieht.

***

Auf dem Heimweg ruft Sophie ihre beste Freundin über die Freisprecheinrichtung ihres Pick-ups an.
»Du bist heute aber früh dran«, stellt Alex fest.
»Das hat einen Grund!«
»Einen erfreulichen, hoffe ich.«
»So ist es. Stell dir vor, ich bin über meinen Schatten gesprungen und habe Taako bei unserer letzten Begegnung einen Hausschlüssel überlassen.«
»Nein!«
»Doch.«
»Du bist mutig, das muss man dir lassen«, macht Alex sich lustig.
»Ja, spotte du nur. Aber für mich war das schon ein großer Schritt«, gesteht Sophie. »Jedenfalls hat er mir vor

einer Stunde ein Selfie geschickt, wie er etwas an meinem Herd zubereitet.«

»Du hast aber auch ein Glück. Meine neueste Eroberung kann sich nicht mal Würstchen allein warm machen.«

»Ich hab über das nachgedacht, was du letztens gesagt hast. Dass sich schlechte Erfahrungen nicht zwangsläufig fortsetzen müssen. Neuer Mann, neue Chance.«

»So gefällst du mir«, lobt Alex. »Was macht dein totes Mädchen?«

»Leider kommen wir da kaum weiter. Angeblich kam sie aus Bukarest, aber die Stadt hat fast zwei Millionen Einwohner. An den Vermisstenmeldungen sind wir schon dran – trotzdem, das ist wie die berühmte Nadel im Heuhaufen. Wir können nur hoffen, dass sie irgendjemand in Husum gesehen hat und sich bei uns meldet. Und bis dahin . . .«

»Bis dahin genießt du am besten die nette Gesellschaft, die zu Hause auf dich wartet.«

»Das werde ich.«

***

Sophie umarmt Taako, der geschickt mit zwei Pfannen jongliert, von hinten.

»Mhm, riecht das lecker!«

»Dass du Krabben magst, ist ja allseits bekannt, ich dachte, ich kombiniere sie mal mit Champignons und jungem Spinat.«

Sophie staunt. »Diese Kombination wäre mir nie ein-

gefallen.«
»Macht nichts.« Er dreht sich um und küsst sie. »Dafür hast du ja jetzt mich.«
»Ich mach schon mal einen guten Rotwein auf, okay? Oder wünscht der Herr einen anderen Aperitif?«
»Ein Rotwein ist wunderbar.«
Sophie macht die Agraffe ab und tritt auf die Leiste des Mülleimers. Doch als der Deckel des Eimers hochklappt, macht sie erschrocken einen Schritt zurück. Zwischen leeren Getränkepackungen liegt ein toter Vogel. Eine kleine Meise, die aussieht, als hätte jemand auf ihr herumgekaut.
»Ach du meine Güte, war das Otello? In letzter Zeit hat er sich richtig zum Jäger gemausert.« Sophie krault ihrem Kater, der prompt angelaufen kommt, liebevoll den Kopf. »Ständig bringt er mir halb zerlegte Vögel.«
Taako, der mit Abschmecken beschäftigt ist, dreht sich zu ihr um.
»Dazu gibt es eine Geschichte.«
»Über Otello und seine Jagdkünste?«
»Ganz genau. Sieh dir mal deine Terrassentür an.«
»Was soll damit sein?«, fragt Sophie, die nichts Ungewöhnliches erkennen kann.
»Die ist blitzblank.«
»Klar. Die hab ich auch letzte Woche so richtig sauber geputzt.«
»Das war vielleicht ein Fehler.«
»Warum?«
»Seit wann ist denn Otello so ein guter Jäger?«
»Seit 'ner Woche ungefähr. Seit er den Dreh raus hat, bringt er täglich ein bis zwei Vögel.«
»Tja.« Taako schüttelt den Kopf. »Dein Kater ist schlau, aber ein Jäger ist er nicht.«
»Was meinst du?«

Er wirft einen Blick auf den toten Vogel. »Nun, der Kleine hat das Glas nicht erkannt.«

»Willst du mir sagen, er ist im Flug dagegen geknallt?«

»Ganz genau. Und dein Meisterjäger wartet gemütlich auf der Terrassenliege daneben, bis ihm seine Beute ganz von allein vor die Füße fällt.«

»Oh mein Gott, dann sind die ganzen toten Vögel der letzten Woche meine Schuld und nicht Otellos?«

Als Antwort zuckt Taako lediglich mit den Schultern und nimmt sie in den Arm.

Sophie verzieht reuig das Gesicht.

»Oh Mann, gleich morgen früh kaufe ich Vogelaufkleber.«

20

Seit einer Stunde schon steht Elvira vor dem Hotel *Zum Anker* und traut sich nicht hinein. Was soll sie sagen, wenn ihr Freund wirklich nur mit Geschäftskollegen dort zu Abend isst? Dann ist sie 'ne eifersüchtige Stalkerin. Ein Kontrollfreak. Ihr heiß geliebter Kurt würde sie vermutlich verlassen, und das, obwohl er gar nicht in eine andere verknallt ist. Das kann sie nicht riskieren. Nein, es muss eine andere Möglichkeit geben, herauszufinden, ob er sie betrügt. Bloß fällt ihr keine ein, und mittlerweile ist ihr richtig kalt. Vielleicht sollte sie sich auf Bens Couch aufwärmen, bis ihr der zündende Gedanke kommt.

Ihr Gastgeber wirkt zwar gruselig, mit seinem debilen Grinsen und dem Silberblick, aber er scheint harmlos zu sein. Er hat ein paar Bier- und Limodosen besorgt und ihr sogar einen Drink angeboten.

Sicherheitshalber hat sie abgelehnt. Immerhin hatte ihr Mona mehrmals eingeschärft, sich nicht einladen zu lassen, weil man doch als Mädchen nie weiß, was einem die Kerle in den Drink machen.

Jetzt hat sie doch noch eine Idee. Bevor Kurt ein Mädchen aufs Zimmer nimmt, würde er wohl an der

Hotelbar etwas mit ihr trinken. Sie muss sich also nur an eben jene Bar schleichen und nachschauen, ob er dort ist. Sie nimmt ihren ganzen Mut zusammen, betritt das Restaurant und sieht sich um. Die Bar scheint sich im Keller zu befinden, weshalb sie nun auf Zehenspitzen die Treppen hinunterschleicht.

Sie hört ihn schon, bevor sie ihn sieht. Kurt hat ein lautes Organ und ein unverkennbares Lachen. Vorsichtig lugt sie ums Eck. Da sitzt er. Umringt von weiteren Männern. Bestens gelaunt führt er das große Wort bei den Kollegen. Kein Mädchen weit und breit.

Die Erleichterung breitet sich in ihrem ganzen Körper aus. Er ist wirklich bloß beruflich unterwegs, er ist ihr treu. Rasch zieht sie sich zurück und läuft die Treppen wieder hoch. Es wird ihr plötzlich ganz leicht ums Herz und sie läuft ohne Pause zu dem schäbigen Haus in der kleinen Seitengasse unweit des Hafens zurück.

Dieser Ben ist wirklich sehr vertrauensselig. Als sie ihm sagte, dass sie auf einen längeren Spaziergang rausgeht, hat er ihr einen Schlüssel überlassen. Weil er Abendschicht in einer Kneipe hätte und es bei ihm spät werden könnte.

Männer fürchten sich offenbar nie, denkt Elvira, während sie die Treppen zur Wohnung hochsteigt. Umgekehrt könnte sie sich nie vorstellen, einem Fremden ihre Couch und ihre Schlüssel zu überlassen.

Das kleine Apartment ist tatsächlich leer. Das kommt ihr gerade recht. Noch ein bisschen ferngucken, einpennen und morgen den Frühzug zurück nach Kiel nehmen.

Sie lässt sich auf der Couch nieder und schaltet den Fernseher an. Nun freut sie sich darauf, ihrem Liebsten eine nette Nachricht zu schicken. Sie wühlt ihr Handy aus der Handtasche, doch das Gerät ist tot.

Gut, dass sie auch ihr Ladegerät eingepackt hat. Nun muss sie bloß noch eine freie Steckdose finden. Sie sieht sich um, kann jedoch keine entdecken. So ein Mist. Muss sie jetzt den Fernseher abstecken? Unter dem kleinen Tischchen, das neben der Couch steht, wird sie dann doch noch fündig. Allerdings hängt dort bereits ein Ladekabel an der Steckdose. Und an dem Ladekabel steckt ein Handy.

Vermutlich Bens. Egal. Besser das Handy abstecken, als den Fernseher.

Sie zieht das Ladekabel ab und steckt stattdessen ihres an, als sie plötzlich stutzt.

Das Display des fremden Smartphones leuchtet auf, wahrscheinlich, weil sie es vom Strom nahm. *Einhundert Prozent* schreibt es, doch das ist es nicht, was sie irritiert. Es ist der Sperrbildschirm, der das Foto eines jungen Mädchens zeigt. Einer Jugendlichen, vielleicht sechzehn oder siebzehn Jahre alt, die einen grauen Sweater mit einem College-Schriftzug trägt. Sie hockt mit ihren roten Sneakers auf einer Steinmauer – wie ein Vogel, der jeden Moment losfliegen könnte. Ihre langen braunen Haare wehen im Wind und umschmeicheln ihr hübsches Gesicht.

Elvira merkt, wie ihr plötzlich der Atem stockt. Gleichzeitig läuft es ihr eiskalt den Rücken hinunter und ihre Finger beginnen zu zittern. Sie erinnert sich an diese roten Sneakers, die wurden im Fernsehen gezeigt. Und nun fällt ihr auch der graue Schlabberpulli mit dem prägnanten Schriftzug wieder ein.

Das ist die Tote aus dem Wald.

Was zur Hölle macht dieses Foto auf Bens Handy?

Ihr Herz pumpt nun wie verrückt, das Blut rauscht in ihren Ohren und das Zimmer beginnt sich zu drehen.

Sie muss hier raus.

Sofort.
Sie reißt ihr Handy vom Kabel, packt ihre Tasche und stürmt zur Tür. Doch genau in dem Moment, als sie zur Klinke greift, hört sie, wie von der anderen Seite der Schlüssel angesteckt wird.

Angst ist die Mutter aller Not

Andreas Tenzer

DONNERSTAG
00:17

21

Sophie presst sich die Hände an die Ohren und drückt ihre Ohropax noch tiefer hinein. Doch kaum lässt sie los, kommen die Schnarchgeräusche wieder durch.
Sie zieht sich die Decke über die Ohren, doch schlaffördernd ist das auch nicht. Nun ist ihr viel zu heiß. Sie stöhnt und wälzt sich auf die andere Seite. Als aus ihrem Handy das elektronische Möwengeschrei ertönt, ist sie beinahe erleichtert.
Sie setzt sich auf und nimmt das Gespräch an.
»Oberkommissarin Meerkatz.«
»Moin Frau Oberkommissarin, hier ist Marta Eriksen von der Zentrale. Sie sind bei der Kripo als Bereitschaft eingetragen.«
»Ja.«
»Wir haben hier ein Pärchen, mit dem etwas nicht stimmt. Möglicherweise Drogen oder häusliche Gewalt.«
»Aha. Hat das nicht Zeit bis morgen früh?«
»Doch, schon. Es ist bloß, die Frau behauptet, der Mann wäre ein Mörder . . .«
»Okay, ich komme sofort«, seufzt Sophie.
Sie streicht Taako liebevoll über den Kopf, der daraufhin sein Schnarchen für wenige Sekunden

unterbricht. Aber nur, um kurz darauf noch heftiger loszulegen.

***

»Wo sind die beiden?«
Marta Eriksen sieht in ihren Notizen nach. »Der Mann machte einen verwirrten und aggressiven Eindruck. Wir haben ihn daher unter Aufsicht festgesetzt. Die Frau ist im Vernehmungsraum im ersten Stock. Wir mussten den Notarzt hinzuziehen.«
»Ist sie verletzt?«
»Das steht hier nicht.«
»Alles klar, ich gehe selbst nachsehen.«
Das Bild, das sich Sophie im Vernehmungsraum bietet, hätte sie nicht erwartet.
Eine pummelige junge Frau liegt über vier zusammengerückte Stühle gestreckt. Ihr langes brünettes Haar hängt bis auf den Boden hinunter. Der Notarzt, der aussieht, als wäre er frisch von der Uni, hält ihr die Hand und spricht beruhigend auf sie ein.
Sophie holt sich den letzten verbliebenen Stuhl von der anderen Seite des Tisches und setzt sich dazu.
»Ich bin Oberkommissarin Meerkatz. Wie ist Ihr Name?«
»Elvira Kranich.«
»Gut, Frau Kranich. Sind Sie in der Lage, mir zu erzählen, was passiert ist?«
»Ja. Ich bin an einen Mörder geraten, das ist passiert. Ich wollte bloß wissen, ob mir mein Freund treu ist, und

dabei bin ich an einen Mörder geraten.« Ihre Hände beginnen heftig zu zittern.
Der Arzt blickt Sophie vorwurfsvoll an.
»Diese Befragung stresst die Patientin.«
Sophie schickt ihm einen bösen Blick zurück. »Dann geben Sie ihr was zur Beruhigung, dafür sind Sie doch hier, oder?«
»Sie müssen nicht gleich unfreundlich werden«, mault er, greift dann aber doch zur Spritze.
»Also, Frau Kranich. Was hat Ihnen Ihr Freund denn getan, dass Sie denken, dass er ein Mörder ist?«
»Mein Freund? Gar nichts. Kurt darf gar nicht wissen, dass ich hier bin. Sie müssen mir versprechen, dass Sie Kurt nichts erzählen . . .«
Sophie schüttelt verneinend den Kopf.
»Ich muss grundsätzlich nichts versprechen, aber Sie müssen umfassend aussagen. Ganz besonders, wenn Sie jemanden des Mordes verdächtigen.«
Elvira reißt nun ihre hellblauen verweinten Augen erschrocken auf. »Kurt darf nicht erfahren . . .« beginnt sie neuerlich.
Sophie reißt nun der Geduldsfaden.
»Ist dieser Kurt nun ein Mörder oder nicht?«
»Nein, natürlich nicht. Das ist mein Freund . . .«
»Dann lassen wir den Kurt mal beiseite, ja? Wer ist denn nun der Mörder?«
»Ben natürlich.«
»Okay, und wer ist Ben?«
»Keine Ahnung, ich kenne ihn ja nicht.«
»Aber Sie wissen, dass er ein Mörder ist?«
»Ja.«
»Und weshalb wissen Sie das?«, setzt Sophie ihre Befragung geduldig fort, auch wenn sie von dieser Frau keine sinnvollen Antworten mehr erwartet.

»Weil ich sein Handy gefunden habe.«
»Wo?«
»In seiner Wohnung, unter dem Couchtisch.«
»Sie waren also bei Ben – den Sie nicht kennen – in der Wohnung?«
»Ja, sonst hätte ich doch sein Handy dort nicht finden können.« Elvira wirft nun dem Arzt einen Blick zu, als ob diese Kommissarin ein wenig schwer von Begriff wäre.
»Na schön«, lenkt Sophie ein. »Sie haben also Bens Handy in seiner Wohnung gefunden, aber warum halten Sie ihn deshalb für einen Mörder?«
»Weil er ihr Foto als Sperrbildschirm hat. Das Foto von dem toten Mädchen aus dem Wald.«
»Was?« Sophies Augenbrauen schnellen in die Höhe. Nun hat diese verwirrte Frau ihre volle Aufmerksamkeit. »Sind Sie sicher, dass es das tote Mädchen ist?«
»Ja. Ich hab ihre roten Sneakers erkannt. Die waren im Fernsehen. Und der Sweater auch.«
»Oh Mann.« Sophie spürt, wie sie vom Jagdfieber gepackt wird. »Frau Kranich, Sie sind eine sehr wichtige Zeugin für uns. Erzählen Sie mir jetzt ganz genau, wie Sie diesen Ben kennengelernt haben.«

22

Mit einem triumphalen Gefühl im Bauch ruft Sophie ihren Chef an, um von dem Durchbruch in diesem Fall zu erzählen. Doch er geht nicht ran. Nach dem zwanzigsten Läuten legt sie auf.
Unmittelbar darauf ruft er zurück.
»Mensch Meerkatz, es ist drei Uhr in der Früh. Wenn das nicht dringend ist . . .«
»Wir haben einen Hauptverdächtigen in unserem Mordfall und ich habe ihn bereits festgenommen. Wenn du allerdings lieber morgen früh davon in den Nachrichten erfahren willst, kannst du gerne wieder schlafen gehen«, gibt sie ein wenig spitz retour.
»Alles klar«, stöhnt Thomsen. »Ich bin schon unterwegs.«
Sophie legt auf und begibt sich eine Etage tiefer in jenen Raum, in dem besagter Ben festgehalten wird.
Auf den ersten Blick macht der junge Mann keinen guten Eindruck. Irgendetwas stimmt mit seinen Augen nicht. Doch was ihr wirklich sauer aufstößt, ist, dass er mit seinem Handy rumspielt, als ob nichts wäre.
»Warum haben Sie dem Verdächtigen das Mobiltelefon nicht abgenommen?«, herrscht sie den wachhabenden

Beamten an. »Ich sollte bloß mit ihm hier auf Sie warten«, rechtfertigt sich der uniformierte Kollege.

Sophie schüttelt zornig den Kopf. Garantiert hat der Verdächtige mit dem Zottelbart mittlerweile alle belastenden Fotos gelöscht. Er wäre ja auch blöd, wenn nicht.

»Geben Sie mir Ihr Handy.«

»Muss ich das?« Der junge, ungepflegte Kerl sieht fragend zu dem Beamten hinüber.

Jener nickt dienstbeflissen. »Wenn sie es sagt.«

Zögerlich händigt er Sophie nun sein Handy aus. Sie stellt fest, dass er es bei der Übergabe ausgeschaltet hat und schaltet es wieder an. Ein Foto von Möwen, die über dem Meer kreisen, erscheint auf dem Sperrbildschirm. Logisch. Schon geändert. Die Techniker werden eine Weile brauchen, um alle gelöschten Dateien wieder herzustellen. So ein Mist.

Sie schluckt ihren Ärger hinunter, so gut es geht, und beginnt mit der Befragung.

»Ihr vollständiger Name?«

»Benjamin Grütken.«

»Ihnen gehört die Wohnung, in der Sie festgenommen wurden?«

»Ja.«

»Dann legen Sie mal los, Herr Grütken, wie lief das ab mit Ihnen und den Mädchen, die Sie zu Ihnen auf die Couch gelockt haben?«

***

Hauptkommissar Thomsen parkt sich mit deutlich überhöhter Geschwindigkeit auf dem Parkplatz hinter der Polizeiinspektion ein. Die dreifarbige Katze, die dort immer wieder herumschleicht, kann sich gerade noch rechtzeitig in Sicherheit bringen.

Wie das Leben manchmal so spielt, denkt er, während er die Tür seines Landrovers zuknallt. Da hat ihm doch die Meerkatz mitten in der Nacht einen Verdächtigen beschert. Jetzt müssen sie morgen bloß noch die Leiche der kleinen Moll in dem verdammten Wäldchen finden, dann kann er sich endlich auf seine Hochzeitsvorbereitungen konzentrieren. Seine letzte Eheschließung ist schon so lange her, dass er bereits ver-gessen hatte, wie viel Aufwand so ein Ja-Wort bedeutet.

»Wenn du nicht langsamer fährst, wirst du noch als Katzenmörder enden«, sagt plötzlich eine Stimme aus dem Dunkel und er fährt herum.

Die Meerkatz steht in einer Nische, einen Kaffeepott in der einen und eine Zigarette in der anderen Hand.

»Hast du mit dem Rauchen nicht aufgehört?«
»Doch schon.«
»Aber du rauchst wieder.«
Sie zuckt die Schultern und nimmt einen Zug.
»Das liegt daran, dass ich wieder angefangen habe.«
Thomsen bleibt vor ihr stehen und betrachtet sie stirnrunzelnd.
»Ich nehme an, die Vernehmung läuft nicht wunschgemäß?«
»Kann man so sagen. Dieser Ben Grütken, der Schlafcouch-Anbieter, ist irgendwie *creepy*. Schmuddelig und ungepflegt. Und diese Brillen verdecken nicht, dass er ein Problem mit seinen Augen hat . . .«
»Kein Typ für den Feuerwehrkalender?« Thomsen

grinst.

Sophie schüttelt sich.

»Was ich ihm eigentlich übelnehme ist, dass er alles abstreitet. Er behauptet, er hat überhaupt nichts auf seinem Handy gelöscht, da wären nie Mädchenbilder drauf gewesen . . .«

»Wo ist dieses Handy jetzt?«

»Schon bei den Technikern. Allerdings hat dort niemand Nachtdienst.«

»Ich kümmere mich drum. Aber zuerst bring mich zu diesem Grütken. Ich möchte mir von diesem Kerl selbst ein Bild machen.«

23

Rüdiger Thomsen beäugt den verklemmt wirkenden Verdächtigen ausgiebig. Mit seinem ungepflegten Äußeren tut er sich keinen Gefallen. Gerade einen langen Bart sollte man pflegen. Dieses verfilzte, ungleichmäßig lange Gestrüpp kommt mit Sicherheit bei keiner Frau gut an. Es würde auch nicht schaden, wenn der junge Mann seine verdreckten Brillengläser mal reinigen würde.

»Warum halten Sie mich hier fest? Die da«, Grütken zeigt mit dem Finger auf Sophie, »hat mir darauf keine Antwort gegeben.«

»*Die da* ist Oberkommissarin Meerkatz.«

»Das weiß ich. Aber warum ich hier bin weiß ich nicht. Bloß weil diese blöde Tussi völlig ausgetickt ist? Ich hab ihr nichts getan. Ganz im Gegenteil, ich hab ihr meine Couch gratis überlassen. Und ich werde jetzt deshalb festgenommen?«

»Okay, dann erzählen Sie mal Ihre Sicht der Dinge«, lässt Thomsen sich auf ihn ein.

»Da gibts nichts zu erzählen. Ich krieg Hartz IV. Das ist nichts, wovon man leben kann. Deshalb schrubb ich jeden Abend die Teller im Möwenschiss.«

»Im Möwenschiss?«

»Das ist so 'ne kleine Kneipe, bei mir die Straße runter. Dafür krieg ich 'ne Mahlzeit und ein paar Drinks. Und nachdem ich dort fertig war, komm ich wieder heim und da kreischt sie los. Völlig ohne Grund. Direkt an der Tür fängt sie an zu schreien und schlägt mir ihre Krallen ins Gesicht. Da, sehen Sie?« Er präsentiert seine linke Wange, über die ein blutroter Kratzer verläuft.

»Und weiter?«

»Sie fängt an rumzubrüllen, dass ich ein Mörder wäre. Da hab ich versucht, ihr den Mund zuzuhalten, doch sie hat bloß noch lauter geschrien. *Mörder, Mörder, Mörder!* Bis die Nachbarn auf 'n Gang rauskamen, nachgucken. Da hat sie dann lautstark nach der Polizei gerufen.«

»Und weiter?«, hakt Thomsen zum zweiten Mal nach, weil der Redefluss seines Verdächtigen neuerlich abbricht.

»Die kam dann. Haben mich gezwungen, mitzukommen. Seitdem bin ich hier.«

»Elvira Kranich hat ausgesagt, sie hätten ein Foto von dem toten Mädchen, das wir im Wald gefunden haben, auf Ihrem Handy«, erklärt Sophie.

»Ja, das hab ich schon mitbekommen. Aber ich weiß nichts von einem toten Mädchen und Fotos hab ich schon gar keine.«

»Kennen Sie Kirsten Moll?«, wechselt Thomsen nun das Thema.

»Ist das die Kleine, die schon vor Jahren verschwunden ist?«

»Ja.«

»Nee. Nie gesehen.«

»Ach.« Sophie knallt frustriert ihre Aktenmappe auf den Tisch, sodass die Papiere herausrutschen.

Ben schaut verblüfft auf das oberste Blatt, auf dem die knallroten Sneakers abgebildet sind. Er zieht es an sich

und ebenso das darunterliegende, das den grauen Sweater mit dem College-Schriftzug zeigt.
»Was machen Anyanas Sachen in der Mappe?«, fragt er neugierig.
»Wie bitte?« Sophies Augenbrauen schnellen in die Höhe.
Der Verdächtige tippt auf die Blätter, die vor ihm liegen. »Die Sachen hier gehören Anyana. Was machen die in der Mappe?«
Auch Thomsen beugt sich nun interessiert vor.
»Wer ist Anyana?«
»Nun, Anyana eben. Sie ist 'n Mädchen. Kommt aus Bukarest.«
Sophie unterdrückt ihre Überraschung und geht zum Angriff über.
»Warum musste sie sterben?«
»Sie ist tot?«
Ben schaut nun auf und seine auseinanderlaufenden Augen suchen Kontakt.
»Ja, sie ist tot. Deshalb bist du hier«, erklärt Thomsen ungeduldig. »Erzähl uns, wie es passiert ist. Wart ihr gemeinsam im Wald?«
»Nee. Ich weiß nichts von einem Wald.«
»Guckst du denn keine Nachrichten?«
Ben schüttelt den Kopf. »Nie. Die labern immer bloß Scheiße.«
»Dann erzähl uns von Anyana. Wie hast du sie kennengelernt?«
»Über die Couchsurfing-Website. Sie wollte bei mir auf der Couch übernachten.«
»Und weiter?«
»Ja, hat sie gemacht.«
»Wann?«
»Vor drei oder vier Wochen.«

»Wie viele Nächte blieb sie?«
»Eine.«
»Hat sie erzählt, warum sie in Husum war?«
»Ja. Sie suchte ihre Schwester.«
»Hat die auch 'n Namen?«, hakt Thomsen nach.
»Hat doch jeder.«
»Hat sie ihn auch erwähnt, Schlaumeier?«
»Nee.« Ben schüttelt den Kopf.
»Hat sie ihre Schwester gefunden?«
»Keine Ahnung. Als sie ankam, ging sie gleich wieder weg, um ihre Schwester zu suchen. Als sie wieder kam, haben wir geredet. Da hatte sie sie noch nicht gefunden. Am nächsten Tag zog sie wieder los.«
»Und?«
»Nichts *und* – sie kam nicht mehr zurück. Und auf meine Nachrichten hat sie auch nicht geantwortet.«
»Du hast ihr geschrieben?«
»Ja. Ich hab sie gebeten, eine gute Rezension auf der Couchsurfing-Seite abzugeben.«
»Warum?«
»Weil ich dann im Ranking steige. Das bedeutet mehr Sichtbarkeit für potenzielle Couchsurferinnen.«
»Verdienst du dir damit noch etwas zu Hartz IV dazu?«
»Nee. Dafür geh ich Geschirrspülen. Das Couchsurfing ist gratis. Ich mag es, Mädchen bei mir zu Gast zu haben. Bloß diese Elvira braucht nicht mehr zu kommen.«
»Wie hast du dich mit Anyana unterhalten? Auf Deutsch?«
»Ja, und Englisch. Sie konnte beides schlecht. Aber sie war nett.«
»Weißt du, wo sie nach ihrer Schwester gesucht hat?«
»Nein. Wie ich schon sagte, sie ging einfach. Dann

kam sie wieder. Am nächsten Tag ging sie wieder. Dann kam sie nicht mehr.«

»Hat sie den Wald erwähnt? Oder Schobüll?«

»Nee. Sie war nicht sehr gesprächig.«

»Wann genau hast du sie zuletzt gesehen?«

»Am Morgen, nachdem sie auf meiner Couch übernachtete.«

»Geht das konkreter?«, hakt Thomsen nach.

»Wie konkreter?«

»Indem du mir den Tag und die Uhrzeit nennst.«

»Pah . . .«, mault Ben. »Das ist doch schon drei oder vier Wochen her, woher soll ich jetzt wissen . . .«

»Vielleicht guckst du auf der Couchsurfing-Website nach. Da habt ihr doch sicher einen konkreten Tag vereinbart.«

»Logisch.« Er nickt nun. »Da hab ich 'ne App für – am Handy. Und das haben Sie mir weggenommen. Da können Sie gleich selber nachgucken. Kann ich jetzt wieder gehen?«

»Nein. Wir müssen noch abwarten, was die Auswertung Ihres Smartphones ergibt«, erwidert Sophie. »Und was der Staatsanwalt sagt. Dass Sie die Fotos von Anyana gelöscht haben, spricht natürlich gegen Sie.«

»Ich hab keine Fotos gelöscht. Und von Anyana hatte ich sowieso nie welche.«

24

»Deine Uma heißt Anyana«, erklärt Sophie ihrer Kollegin, als jene gegen sieben Uhr morgens zur Tür hereinkommt.
»Wirklich? Na, das nenne ich einen Durchbruch!« Svenja schnuppert. »Und es riecht schon so gut nach Kaffee. Seit wann bist du hier?«
Sophie gähnt, trinkt genüsslich einen Schluck aus ihrem Pott und berichtet ausführlich von den Ereignissen der Nacht.
»Wir haben also einen Verdächtigen namens Ben Grütken. Haben die Kollegen von der Technik in der Zwischenzeit die gelöschten Fotos auf seinem Handy wiederherstellen können?«, will Svenja wissen.
»Bis jetzt hab ich noch keine Info.« Sophie sieht auf die Uhr. »Im Übrigen hat sich auch von der SpuSi noch niemand gemeldet. Die sichern die Spuren in Grütkens Wohnung.«
»Und er hat gleich zugegeben, Anyana gekannt zu haben?«
»Ja. Das hat er sofort offengelegt. Auch ihren Namen, sonst wüssten wir ihn nicht.«
»Seltsam«, meint Svenja und begibt sich in die Kaffeeküche. »Warum lügt er dann wegen des Fotos am

Handy?«

Sophie zuckt die Schultern.

»Ich werde noch mal mit Elvira sprechen, irgendwas passt da nicht zusammen.«

»Hey, die Kanne ist leer«, ruft Svenja enttäuscht.

Sophie blickt in ihre Tasse, in der sich bloß noch ein magerer Rest befindet. »Ja, das kann sein.« Das Zimmer füllt sich mit elektronischem Möwengeschrei und sie zieht ihr Diensthandy aus der Tasche.

»Meerkatz . . . ach . . . echt? Ja, klar. Das erklärt alles.«

Sophie legt auf und folgt Svenja in die Küche.

»Die SpuSi hat ein zweites Handy in Grütkens Wohnung gefunden. Unter dem Couchtisch neben dem Sofa. Auf dem befindet sich besagtes Foto von Anyana auf dem Sperrbildschirm. Dachte der ernsthaft, wir finden das nicht?«

»Vielleicht ist es ihr Handy?«, meint Svenja.

»Du meinst Anyanas?«

»Ja. Viele Menschen haben Fotos von sich selbst auf dem Sperrbildschirm. Hast du nicht gesagt, diese Elvira hätte das Handy vom Strom abgezupft, um ihr eigenes zu laden? Vielleicht hat Anyana ihres auch dort angesteckt? Wäre doch nicht so weit hergeholt.«

»Und dann hat sie es einfach vergessen?« Sophie schaut skeptisch.

»Vielleicht hat sie vergessen, es über Nacht zu laden und hat es erst am Morgen angesteckt, als es komplett leer war? Vielleicht dachte sie, sie würde wieder zurückkommen?«

»Das sind aber viele *vielleichts*. Allerdings sagte Grütken auch aus, dass er dachte, sie würde wieder kommen. So oder so, die Kollegen werden dieses Handy bald geknackt haben und dann sind wir dem Täter mit Sicherheit einen

großen Schritt näher.«
»Das hör ich gern«, brummt Thomsen von der Tür her. »Ich darf euch berichten, dass Kriminaldirektor Paulsen sehr zufrieden mit unseren Fortschritten ist. Wenn wir jetzt noch Kirstens Leiche in diesem Wäldchen finden...«

»Und ich dachte, wir sollen Anyanas Mörder stellen«, meint Svenja keck.

Thomsen zieht die Augenbrauen hoch, geht aber nicht weiter darauf ein.

»Bring mir 'nen Kaffee in mein Büro, sobald er durchgelaufen ist«, verlangt er mit einem Seitenblick auf die leere Kaffeekanne. »Ich hab noch einiges zu organisieren, bevor wir in den Wald aufbrechen.«

25

»Das ist Hedi.« Stolz streicht Hundeführer Helge Klausen der belgischen Schäferhündin über den Kopf.
»Moin Hedi.« Svenja legt den Kopf schief und schneidet eine Grimasse für den Hund. »Darf ich sie streicheln?«
»Bitte nicht.« Klausen, der polizeiintern nur Hundepapa Helge genannt wird, schüttelt den Kopf. »Vor so einem wichtigen Einsatz wollen wir sie lieber nicht irritieren.«
»Das vermisste Mädchen, das wir suchen, wurde vielleicht schon vor drei Jahren getötet und hier vergraben. Hat der Hund da überhaupt noch eine Chance?«, will Svenja wissen.
»Doch, ja. Hedi ist die Beste ihres Jahrgangs. Sie ist auf Verwesungs- und Fäulnisflüssigkeiten spezialisiert. Solange noch Reste von Gewebe da sind, wird sie die auch finden.«
»Auch bei gut vergrabenen Leichen?«
»Ja. Sie hat schon mal 'ne Leiche in zwei Metern Tiefe aufgespürt, die noch dazu einzementiert war. Diese Hunde haben einen unglaublichen Geruchssinn. Sie können sogar Leichen im Wasser wittern.«

»Echt? Wie das denn?«, fragt Svenja verblüfft.

»Indem sie auf Booten die Meeresoberfläche abschnüffeln. Sie schlagen an, wenn sie aufsteigende Fäulnisgase riechen.«

»Wow.« Svenja ist ehrlich beeindruckt. »Ich bin schon so gespannt, was sie findet.«

»Ich auch«, brummt Thomsen und stemmt die Hände in die Hüften.

***

»Dass du auch endlich kommst!«, begrüßt Sophie ihren Kollegen, als dieser nach neun Uhr im Großraum auftaucht.

»Hat der Rüde nicht Bescheid gesagt?«

»Also mir nicht.« Sophie sieht Jasper nun auffordernd an.

»Ich hatte den Auftrag, gleich in der Früh die Nachbarn von Ben Grütken zu befragen, bevor sie zur Arbeit müssen«, erklärt er und beginnt plötzlich zu grinsen. »Als ob. Die kriegen Rente oder Hartz IV und waren allesamt noch am Pennen. Aber egal, gehört haben sie jedenfalls nichts.«

»Gar nichts?«

»Nee, nichts. Obwohl die Wände dort angeblich aus Papier sind, war es bei Ben nie laut – bis Elvira schrie. Da sind sie natürlich alle auf dem Flur zusammengelaufen.«

»Ach.« Sophie nippt an ihrem Kaffee.

»Ja, und dann war ich noch bei Uli Knudsen und hab nachgefragt, ob sie die gelöschten Fotos wiederherstellen

konnten.«
»Und?«
»Konnten sie nicht. Dieser Ben hat schon ewig nichts mehr gelöscht. Was nicht drauf ist, war nie drauf.«
»Hm«, macht Sophie. »Vielleicht, weil er für all seine *heiklen* Fotos das andere Handy hatte?«
»Welches andere Handy?«
»Die SpuSi hat in Grütkens Wohnung ein zweites Handy gefunden. Oder Svenja hat recht – sie vermutet, dass es Anyanas ist.«
»Wo ist es jetzt?«, will Jasper wissen.
»In der KTU, wegen Fingerabdrücken und möglicher DNA Spuren.«
»Alles klar.« Jaspers Augen leuchten nun aufgeregt. »Ich klemm mich dahinter und sehe zu, dass die IT-Techniker es möglichst rasch in die Finger kriegen. Egal, ob es Anyanas Handy oder ein heimliches Zweithandy des Mörders ist – es könnte der Schlüssel zu dem ganzen Fall sein.«
»Da kannst du recht haben«, stimmt Sophie zu. »Sag den Kollegen, wir brauchen dringend die Fotos und Korrespondenzen, die darauf gespeichert sind.«
»Logisch.« Jasper zwinkert ihr zu. »Bin schon auf dem Weg.«

26

Sophie zieht sich zum Nachdenken in ihr eigenes kleines Büro zurück. Das monströse Whiteboard, auf dem Svenja alle Fakten des Falles notiert hat, braucht sie nicht. Längst hat sie alle Einzelheiten in ihrem Kopf abgespeichert.

Sie startet den PC und ruft die Couchsurfing-Webseite auf. Unter *Husum* gibt es mehrere Einträge. Das Angebot von Ben Grütken erscheint auf der zweiten Seite. Seine Bewertungen sind durchschnittlich. Von den siebzehn Personen, die ihr Votum abgegeben haben, haben lediglich zwei einen Text verfasst. Eine Claudia, dreiundzwanzig, schreibt, dass die Couch recht bequem war, die Wohnung jedoch sauberer hätte sein können. Eine Cornelia, neunzehn, ist der Meinung, dass alles ganz okay gewesen wäre, und der Host – also Ben – sehr freundlich war.

Zwei junge Frauen. Das passt zu Bens Aussage, wonach er gern weibliche Gäste beherbergt. Doch was steckt wirklich hinter diesem vorgeblich altruistischen Verhalten?

Diesen Punkt muss sie unbedingt bei der nächsten Vernehmung klären, aber vorher wird sie Elvira noch einmal ausführlich befragen. Hoffentlich ist die verwirrte

Brünette noch nicht nach Kiel zurückgefahren.
Sie wählt ihre Nummer.
»Kranich.«
»Hier spricht Oberkommissarin Meerkatz. Wo halten Sie sich im Moment auf?«
»In einer kleinen Pension in Hafennähe, die haben zum Glück recht günstige Zimmer, denn nach dieser schrecklichen Erfahrung...«
»Dann kommen Sie bitte gleich jetzt zu mir auf die Polizeiinspektion. Ich habe noch ein paar Fragen.«
»Okay.«

***

Obwohl Elvira Kranich von Natur aus nicht mit Schönheit gesegnet ist, sieht sie inzwischen deutlich erholter aus als letzte Nacht. Sie trägt frische Klamotten und hat ihre Frisur unter Kontrolle gebracht.
»Ich bin immer noch fassungslos, dass ich beinahe auf dem Sofa eines Mörders übernachtet hätte. Da wäre ich vielleicht nie wieder aufgewacht.«
»Wir wissen noch nicht, ob Ben Grütken ein Mörder ist.«
»Nicht? Aber er hatte doch ihr Foto am Handy. Das von der Toten.«
»Dieses Smartphone, das fanden Sie unter dem kleinen Tisch neben der Couch, richtig?«
»Ja, es hing dort am Ladekabel.«
»Grütken hatte ein anderes Handy bei sich, als wir ihn verhaftet haben, und er behauptet, nichts von dem

Mobiltelefon unter dem Tisch zu wissen.«
»Ach! Und Sie glauben ihm? Ist es nicht logisch, dass er es abstreitet?«
»Logisch wäre auch, dass er es – wenn es ihm gehören würde – in seinem Schlafzimmer anstecken würde, wo Sie es nicht so leicht hätten finden können.«
Elvira verzieht bei dem Wort *Schlafzimmer* angeekelt das Gesicht.
»Der Typ ist einfach voll gruslig. Haben Sie sein Zimmer gesehen? Da stecken Tiere auf Spießen!«
»Ja, Insekten«, erwidert Sophie. Die SpuSi hatte heute Morgen Fotos von der Wohnung geschickt. Darunter unzählige von aufgespießten Schmetterlingen. »Und woher wissen Sie das? Waren Sie mit ihm im Schlafzimmer?«
»Gott, nein! Aber ich hab reingeguckt, als er weg war.«
»Warum sind Sie wirklich in Husum?«
»Das sagte ich doch schon. Ich wollte rausfinden, ob mein Freund mich betrügt.«
»Und? Haben Sie es rausgefunden?«
Sie nickt erleichtert.
»Ja. Er ist mir treu. Er war bloß mit seinen Kumpels an der Bar. Ohne Mädchen.« Mit einem Mal wird sie unsicher. »Warum sehen Sie mich so an?«
»Nun, irgendetwas an Ihrer Geschichte gefällt mir nicht«, erklärt Sophie. »Sie spionieren Ihrem Freund hinterher, und Ihrem Gastgeber, der Sie kostenlos auf seiner Couch übernachten lässt, ebenso. Wissen Sie, wir ermitteln hier in einem Mordfall, da muss ich sichergehen, dass meine Zeugen mir keine Bären aufbinden.«
»Äh . . .«
»Ich benötige den Namen Ihres Freundes und das Hotel, in dem er abgestiegen ist.«
Augenblicklich wird ihre pummelige junge Zeugin

blass.

»Sie wollen mit ihm sprechen?«, fragt sie ängstlich.

»Ich muss. Und solange werden Sie hier auf mich warten.«

»Aber . . .« Elvira fummelt nervös in ihren Haaren herum.

»Eines noch«, schneidet ihr Sophie das Wort ab. »Kommen Sie gar nicht erst auf die Idee, Ihren Freund anzurufen, das kriegen wir nämlich sofort mit.«

***

Sophie ist zufrieden mit ihrem Bluff. Natürlich wird Elviras Handy nicht überwacht, die Voraussetzungen dafür liegen schlicht nicht vor. Aber das weiß sie nicht. Das Hotel *Zum Anker*, in dem Kurt Engels abgestiegen ist, befindet sich lediglich ein paar Gehminuten von der Polizeiinspektion entfernt.

Sie fragt an der Rezeption nach ihm und lässt sich die Zimmernummer geben. Als sie das Restaurant quert, werden unangenehme Erinnerungen an das Essen mit Emmermann wach, das sie glücklicherweise ohne Eskalation überstanden hat. Vielleicht sollte sie demnächst einmal mit Taako herkommen, um den Petersfisch auch richtig genießen zu können. Außerdem würde es ihr gut gefallen, ihr Single-Image loszuwerden.

Auf dem langen, nur sanft beleuchteten Flur muss sie eine Weile an Engels' Zimmertür klopfen, bis sie schlurfende Schritte vernimmt.

Ein junger Mann im Morgenmantel öffnet ihr.

»Was ist?«, fragt er unwirsch. Der Grund für sein unhöfliches Verhalten liegt auf der Hand – oder vielmehr auf dem Bett. Denn in Letzterem rekelt sich eine nackte Blondine, wie Sophie unschwer durch den Türspalt erkennen kann.
»Sie sind Herr Kurt Engels?«
»Ja. Was wollen Sie?«
»Oberkommissarin Meerkatz, von der Kripo Husum. Kennen Sie eine Elvira Kranich?«
Augenblicklich schwindet der Ärger in seiner Mimik, stattdessen glaubt Sophie nun ehrliche Verblüffung darin zu lesen. Mit einer gewissen Genugtuung beobachtet sie, wie sich eine verräterische Röte in seinem Gesicht ausbreitet.
»Ja, das, ähem, ist meine Freundin«, stottert er peinlich berührt. »Was ist denn mit ihr?«

27

Nachdem nun feststeht, dass Elvira Kranich zumindest nicht unter eingebildeter Eifersucht leidet, beschließt Sophie, ihr auch den Rest ihrer Geschichte zu glauben.
»Haben Sie mit Kurt gesprochen?«, ist Elviras erste Frage, nachdem Sophie zurückgekehrt ist.
»Ja, das habe ich. Er hat ihre Version der Geschichte eindrucksvoll bestätigt. Übrigens ist er in Zimmer elf untergebracht, falls sie ihn aufsuchen wollen. Was mich betrifft, sind wir hier fertig.«
Sophie sieht zu, wie Elvira ihre Tasche an sich nimmt und ihr Handy, mit dem sie eben noch beschäftigt war, hineingleiten lässt.
Wenn sie sich beeilt, findet sie vielleicht die blonde Konkurrenz noch vor, denkt Sophie und macht sich auf, um Ben Grütken neuerlich zu befragen.

***

Die Luft im Vernehmungsraum ist schlecht, was nur zum Teil an dem Verdächtigen liegt. Sophie hegt schon seit längerer Zeit den Verdacht, dass die Klimaanlage nicht so effektiv arbeitet, wie sie soll.

Ben Grütken ist im Stuhl hinuntergerutscht, sein Kopf ist reglos nach hinten gekippt, was darauf schließen lässt, dass er eingenickt ist. Er zuckt auch mit keiner Wimper, als Sophie die Tür hinter sich schließt.

Erst als sie mit dem Fuß gegen eines seiner Stuhlbeine kickt, öffnet er die Augen und rappelt sich hoch.

Sie schiebt ihm ein Foto über den Tisch.

Er nimmt die Brille ab, rubbelt mit den Fingern über die Augenlider und setzt sie wieder auf.

»Wer soll das sein?«, fragte er, nachdem er einen Blick riskiert hat.

»Kirsten Moll.«

»Aha.«

»Fällt Ihnen nun etwas zu ihr ein?«

»Nee. Ich weiß, dass die vor drei Jahren verschwunden ist, aber ich hab die noch nie gesehen.«

»Auch nicht in der Zeitung?«

»Ich lese keine Zeitungen.«

»Okay, dann erzählen Sie mir noch mal von Anyana.«

»Hab ich doch schon.«

»Ich weiß. Wir gehen Ihre Angaben trotzdem noch einmal durch. Von Anfang an. Ich will jedes Wort wissen, das sie gesagt hat«, fordert Sophie ihn nachdrücklich auf.

»Sie hat aber kaum was gesagt. Ihr Deutsch war sehr schlecht. Ich hab sie gefragt, woher sie kommt, und sie sagte Bukarest. Dann hab ich sie gefragt, was sie hier in Husum vorhat, und sie sagte, sie sucht ihre Scheiß-Schwester.«

»Scheiß-Schwester?«

»Ja, so hat sie es gesagt.«

»Und wo?«
»In der Küche.«
»Was – in der Küche?«
»Wir standen in der Küche, als sie es mir gesagt hat.«
Sophie verdreht die Augen. »Wo sie ihre Schwester gesucht hat, wollte ich wissen.«
»Weiß ich nicht. Ich hab nicht gefragt und sie hat nichts gesagt.«
»Hat sie den Namen der Schwester erwähnt?«
»Nein. Wie oft wollen Sie mich das noch fragen? Ich würde Ihnen jeden Namen nennen, den sie erwähnt hat, wenn ich dafür endlich heimgehen darf.«
»Hm . . . fürs Erste muss ich Sie bitten, noch hierzubleiben. Wenn Sie nicht einverstanden sind, bleibt mir nichts anderes übrig, als Sie festzunehmen.«
»Aber warum?«
»Wir haben ein Handy in Ihrer Wohnung gefunden, auf dem Bilder des Mordopfers sind. Das macht Sie zu unserem Hauptverdächtigen.«

***

Im Großraum wartet Jasper bereits mit einem triumphalen Lächeln im Gesicht. Sophie kommt es vor, als schwenke er das Mobiltelefon wie einen soeben gewonnenen Pokal.
»Alles gesichert, alles entsperrt«, berichtet er übereifrig. »Es dürfte sich tatsächlich um das Handy des Opfers handeln, denn es enthält eine rumänische SIM-Karte. Die Anfrage, wem die Nummer gehört, hab ich soeben

rausgeschickt. Und im Fotoordner gibt es eine Menge Fotos von Anyana, die meisten sind Selfies.«

»Wow. Das nenne ich einen Ermittlungserfolg.« Sophie lässt sich mit einer Pobacke auf seinem Schreibtisch nieder. »Wie sieht es mit der Korrespondenz aus?«

»Traurig. Sie schreibt mit ihrer Mama, einer Maria und einem Jakub. Aber alles auf rumänisch.«

»Tja. Das ist wohl nicht ungewöhnlich für eine Rumänin. Klemm dich mal ans Telefon, wir brauchen dringend einen Übersetzer.«

28

»Ich hätte doch die wärmere Jacke nehmen sollen«, beklagt sich Svenja, als sich die Sonne langsam dem Horizont zuneigt.
»Eine Mütze wär auch nicht schlecht gewesen«, stimmt Thomsen zu. »In so 'nem dichten Wäldchen ist es auch im Mai noch kalt.«
»Ich denke, die Hedi ist auch bald müde. So, wie die seit Stunden den Waldboden abschnüffelt.«
Als ob sie Svenjas Worte gehört hätte, taucht plötzlich die belgische Schäferhundschnauze vor ihnen auf. Auch Hundepapa Helge wirkt bereits erschöpft.
»Wir haben jetzt das ganze Waldstück durch. Die Hedi zieht es immer wieder zu der Stelle, wo die Leiche bereits ausgegraben wurde, das umgebende Erdreich ist voll mit Fäulnis und Verwesungsprodukten. Andere auffällige Stellen hat sie nicht angezeigt.«
»Dann gibt es in diesem Wald keine weiteren Leichen?«
»Menschliche nicht. Davon können Sie ausgehen.«
»Ist das jetzt gut oder schlecht?«, fragt Svenja, nachdem sie sich von dem Hundeführer verabschiedet haben.

Thomsen zuckt die Schultern.
»Gut, falls es bedeutet, dass die kleine Moll noch lebt. Schlecht, wenn es bedeutet, dass sie woanders vergraben ist.«
»Stimmt, so kann man es sehen.«
Svenja wirft ihrem Chef einen bewundernden Blick zu und stapft neben ihm zum Auto zurück.

***

»Ich brauch jetzt erst mal einen heißen Tee«, erklärt sie, kaum dass sie im Großraum angekommen ist.
»Im Mai?« Sophie zieht die Augenbrauen hoch. »Kann es sein, dass du speziell kälteempfindlich bist?«
»So 'n Wald ist kein sonniger Strand«, springt der Hauptkommissar seiner jungen Kollegin bei.
»Tja, wenn das so ist.« Sophie lacht. »Wie viele Leichen habt ihr denn gefunden?«
»Keine«, brummt Thomsen. »Und bei euch? Hat dieser Grütken endlich gestanden?«
»Nee, das nicht, aber . . .«
»Wir haben ihr Handy«, fällt Jasper Sophie ins Wort. Seine Wangen glühen vor Aufregung. »Sorry, ich konnte mich einfach nicht beherrschen.«
»Anyanas Handy?«, fragt Svenja.
»Ja, du hattest mit deiner Vermutung recht«, erklärt Sophie. »Es hat 'ne rumänische SIM-Karte, also denken wir, dass es ihr gehört.«
»So cool«, freut sich Svenja. »Und was steht drin?«
»Wissen wir nicht.« Jasper verzieht das Gesicht zu

einem Flunsch. »Ist alles auf Rumänisch.«
»Dann fordern wir eben einen Dolmetscher an«, bestimmt Thomsen.
»Hab ich schon versucht«, erwidert Sophie. »Aber hier in Husum haben wir bloß polnische, russische, französische, dänische . . . zusammengefasst 'ne Menge verschiedene, bloß keinen aus Rumänien. Da müssten wir jemand aus Flensburg anfordern, der wird aber heute nicht mehr kommen.«
»Dann kommt er eben morgen«, meint Thomsen. »Ruf ihn gleich an, damit wir morgen so früh wie möglich beginnen können.«
»Was machen wir mit Ben Grütken?«, will Sophie wissen. »Er will heim. Wir müssen ihn entweder wegen Mordes verhaften oder gehen lassen.«
Thomsen seufzt.
»Unseren einzigen Verdächtigen gleich wieder entlassen? Das wäre ein gefundenes Fressen für die Presse. Dann stehen wir wieder mit nichts da. Außerdem ist der Typ so richtig undurchsichtig. Ich bin mir sicher, der hat uns nicht die Wahrheit erzählt.«
»Ich weiß nicht«, hält Sophie dagegen. »Er wirkt wie 'n Psycho, mit diesen dicken Brillen und dem Silberblick, aber er erscheint mir sehr einfach gestrickt. Ich kann nichts Durchtriebenes oder Bösartiges an ihm entdecken. Er ist einsam und sucht Kontakt zu Mädchen, deshalb lässt er sie gratis auf seiner Couch übernachten, aber er scheint nicht übergriffig zu werden. Sollte er doch hinter dem Mord stecken, spielt er die Rolle des naiven, verwahrlosten Sonderlings ausgezeichnet.«
»Hm . . . ich telefoniere mal mit dem Staatsanwalt«, brummt Thomsen. »Soll der das entscheiden. Dann kann er's auch der Presse erklären, wenns die falsche Entscheidung war.«

An der Tür dreht er sich noch mal um. »Apropos *Entscheidung*. Die Maike will euch alle einbinden, was die Hochzeitstorte betrifft. Deshalb gibts morgen Abend bei der Ella eine Verkostung!«

Diese Nachricht wird mit großem Jubel, speziell von Jaspers Seite, aufgenommen.

Leid schreit ewig

Kurt Haberstich

FREITAG

29

»Seit wann bist du denn schon hier?«, fragt Svenja überrascht, als sie um halb sieben Uhr morgens den Großraum betritt und ihren Kollegen an seinem Schreibtisch vorfindet.
»Seit sechs«, murmelt Jasper und verzieht das Gesicht.
»Und warum?«
»Diese Dolmetscherin aus Flensburg, der ich gestern auf die Mailbox gesprochen habe, hat mich nicht zurückgerufen.«
»Und...?«
»Da ist eine Mutter, die nach ihrem Kind sucht.« Jasper streckt Svenja Anyanas Handy hin.
»Siehst du, hier ist jemand unter *Mama* eingespeichert. Und sie schreibt ständig. *Wo bist du? Was machst du? Warum meldest du dich nicht? Ich bin schon krank vor Sorge. Bitte ruf mich an*«, liest Jasper von einer handschriftlichen Liste ab.
»Woher weißt du das? Hast du das übersetzt?«
»Ja. Mit Google Translate, Billi hat es mir gezeigt. Diese Mutter vermisst ihre Tochter – wir müssen ihr sagen, dass sie tot ist.«
»Ja. Aber besser nicht per WhatsApp mittels Google

Translate.«
»Schon klar.« Er zieht eine Grimasse. »Jemand sollte sie anrufen. Jemand, der Rumänisch spricht. Aber diese verdammte Dolmetscherin ruft mich einfach nicht zurück.«
»Es ist noch nicht mal sieben Uhr morgens, sie wird sich schon melden.«
In diesem Moment beginnt tatsächlich das Telefon auf Jaspers Schreibtisch zu läuten.
»Na endlich«, meint er erleichtert und greift zum Hörer. »Kommissar Hinrichs.«
»Marta hier, von der Zentrale, ich hab jemanden in der Leitung, der mir seinen Namen nicht sagt. Er weiß angeblich etwas über Kirsten Moll. Das will er aber nur einem Kommissar sagen. Kann ich ihn zu dir durchstellen?«
»Klar«, sagt Jasper und runzelt die Stirn. Er schaltet den Telefonapparat auf Raumsprechfunktion, damit Svenja mithören kann.
»Sie sprechen mit Kommissar Hinrichs.«
»Ich hab Informationen für die Eltern von Kirsten«, dringt eine junge männliche Stimme aus dem Lautsprecher.
»Okay, können Sie mir Ihren Namen nennen?«
»Nein, will ich nicht. Mein Name tut nichts zur Sache. Es geht um Kirsten. Sagen Sie ihren Eltern, dass sie noch lebt.«
»Das mache ich nicht«, widerspricht Jasper. »Nicht ohne Beweise. Die machen sich Hoffnungen, und dann was? Bloß, weil sich ein Anrufer, der seinen Namen nicht nennt, möglicherweise einen Scherz erlaubt?«
»Das ist kein Scherz. Ich weiß, dass sie noch lebt.«
»Dann sagen Sie mir, wo oder wie wir sie finden können.«

»Nein. Ich hab schon genug gesagt.«
Das Klicken in der Leitung macht deutlich, dass der Anrufer wieder aufgelegt hat.
»Was war das jetzt?«, fragt Svenja. »Denkst du wirklich, da hat sich jemand einen Scherz erlaubt?«
»Keine Ahnung.«
»Kannst du feststellen, woher er angerufen hat?«
»Ja, Moment. Der Typ hat sich gar nicht die Mühe gemacht, die Nummer zu unterdrücken. Scheint 'ne öffentliche Nummer aus Dänemark zu sein. Offenbar eine Telefonzelle in Kopenhagen.«
»Mann, sind wir international diesmal«, stöhnt Svenja. »Der Fall zieht sich von Bukarest bis nach Kopenhagen.«
»Oder die Fälle«, widerspricht Jasper. »Wenn die Kirsten wirklich noch lebt, könnten es auch zwei völlig unterschiedliche Fälle sein, die nichts miteinander zu tun haben.«
»Das wäre theoretisch auch möglich, wenn sie tot ist«, meint Svenja ein wenig oberlehrerhaft.
»Stimmt.« Jasper stemmt sich vom Schreibtisch hoch. »Ich brauch noch 'nen Pott Kaffee.«
Just in diesem Moment läutet sein Diensttelefon erneut.
»Kommissar Hinrichs.« Schon beinahe routiniert betätigt er die Raumsprechtaste.
»Hier spricht Adriana Calin aus Flensburg«, meldet sich eine weibliche Stimme. »Sie haben um Rückruf gebeten.«
»Ja, richtig«, erwidert Jasper erleichtert. »Kripo Husum hier. Wir brauchen dringend Ihre Hilfe.«
»Passt Ihnen Montag Vormittag?«
»Nein, wir brauchen Sie sofort.«
»Tut mir leid, aber so kurzfristig...«
»Heute ist Freitag«, erwidert Jasper entrüstet. »Und wir

müssen einer Mutter, die ohnehin schon krank vor Sorge ist, die traurige Nachricht überbringen, dass ihre siebzehnjährige Tochter ermordet wurde. Sollen wir die bis Montag im Unklaren lassen, weil Sie Wichtigeres zu tun haben, wie zum Beispiel Schulzeugnisse zu übersetzen?«

Seine ehrliche Empörung zeigt Wirkung.

»Nun, ich . . . äh . . . schau mal, was ich verschieben kann und komme dann gleich zu Ihnen. Wäre Ihnen damit geholfen?«

»Ja. Kommen Sie bitte so schnell Sie können«, ersucht er sie nun deutlich freundlicher.

»Okay.«

»Wow, der hast du aber ordentlich Feuer unterm Arsch gemacht«, meint Svenja anerkennend, nachdem er das Telefonat beendet hat.

Jasper verzieht das Gesicht zu einer Grimasse. »Muss ich ja, die Mutti und die Billi würden mir sonst das Wochenende über den letzten Nerv ziehen.«

Svenja lacht. »Das ist wahr. So, wie ich die beiden kenne, würden sie dich sogar vom Hochzeitstorten-Probeessen ausladen.«

»Stimmt.« Jasper streicht sich erleichtert über den Hinterkopf. »Da hab ich echt Glück gehabt, dass diese Frau Calin eingelenkt hat.«

30

»Moin.«

Sophie schneit gut gelaunt in den Großraum.

»Die Liebe steht dir gut«, spöttelt Svenja.

»So?« Sophie klimpert mit den Wimpern.

»Ja, voll. Deine Augen funkeln so.«

»Stimmt. Das ist mir auch schon aufgefallen«, bestätigt Jasper.

»Danke.«

Sophie steckt sich ihre Locken hinter die Ohren.

»Ja, das Leben ist schön.« *Solange er nicht bei mir übernachtet*, setzt sie in Gedanken hinzu. Was sein Schnarchen betrifft, muss sie erst noch eine Lösung finden. »Was gibts Neues?«

»'Ne Menge . . .«, beginnt Jasper.

Doch Svenja fällt ihm ins Wort. Alles, was sich seit heute Morgen zugetragen hat, sprudelt nur so aus ihr heraus.

»Oje, die arme Mutter«, resümiert Sophie. »Das wird ein schlimmes Telefonat.«

Einen Moment schweigen sie alle drei. Genau zu diesem Zeitpunkt ertönt ein Niesen im Flur, dass man glauben möchte, den Menschen, der es verursacht hat, hat es in hundert Einzelteile zerrissen.

Kurz darauf poltert Thomsen in den Raum. Er wiederholt sein fundamentales Niesen und schüttelt sich wie ein nasser Hund.

Sein Team tauscht belustigte Blicke. Svenja erbarmt sich und streckt ihm eine Packung Papiertaschentücher entgegen.

»Ein Tempo, Chef?«

»Ja, danke.« Er schnäuzt sich lautstark. Vermutlich nicht das erste Mal heute, denn seine Nase ist bereits rot und geschwollen. »Ich glaube, ich hab mich gestern in dem Wäldchen erkältet.«

»Ja, am Nachmittag wurde es richtig kühl«, erwidert Svenja empathisch.

»Ganz genau. Der Beruf verlangt eben manchmal Opfer.« Wie zur Bestätigung niest er ein weiteres Mal. »Dann bringt mich mal auf den neuesten Stand.«

»Klar«, beginnt Svenja. »Wir haben echt Neuigkeiten...«

»Und die werde diesmal ich erzählen«, unterbricht Jasper. »Immerhin hab ich schon ganze drei Seiten vom Rumänischen ins Deutsche übersetzt.«

»Du?« Thomsen kann seine Verblüffung nicht verhehlen.

»Google Translate machts möglich«, redet Svenja erneut dazwischen und Jasper wirft ihr einen bösen Blick zu.

»Jedenfalls finde ich diese Passage am interessantesten«, fährt er nun fort. »Da schreibt Anyana mit ihrer Mutter über ihre Schwester.«

»Wann war das?«, will Sophie wissen.

»Vor dreieinhalb Wochen, da muss sie im Zug nach Husum gesessen sein. Das deckt sich mit der Aussage von Ruth Brehm, der alten Dame, die das Zugabteil mit ihr

teilte. An eben jenem Tag schrieb sie *Zwei Stunden noch, Mama, dann bin ich da.*
Die Mutter antwortete: *Warum bist du gefahren? Estera ist schon lange nicht mehr in Husum.*
Daraufhin Anyana: *Das weiß ich. Aber ich werde rausfinden, wo sie jetzt ist.*
Wieder die Mutter: *Sie kann überall sein.*
Anyana: *Ich weiß. Diese verdammte Hure.*
Die Mutter: *Sprich nicht so über deine Schwester.«*
»Und weiter?«, will Thomsen wissen.
»Nichts weiter. Anyana hat nichts mehr geschrieben. Erst am nächsten Tag wieder. Aber nur, dass es ihr gut geht und sie sich wieder meldet. Das war dann ihre letzte Nachricht.«
»Das ist echt beeindruckend«, lobt Sophie. »Das alles hat Google Translate ausgespuckt?«
»Ja.«
»Na, hoffentlich stimmt es auch«, brummt der Hauptkommissar. »Die Dolmetscherin soll da mal 'nen Blick drauf werfen. Wann kommt sie denn?«
Jasper sieht auf die Uhr. »In zehn Minuten.«
»Fein. Da geht sich noch 'n schönes Käffchen aus«, freut sich Thomsen und begibt sich in die Küche.

***

Adriana Calin ist von kleinem, zierlichem Körperbau und hat dunkle Locken bis zur Hüfte. Ihre großen, ernsten Augen mustern den Hauptkommissar verschreckt.

Sophie kann sich des Eindrucks nicht erwehren, dass sie von dem Niesanfall geschockt ist, mit dem er sie begrüßt hat.

»Wir haben telefoniert?«, fragt sie zögerlich.

»Nein, das war ich.« Jasper reicht ihr die Hand. »Schön, dass Sie so schnell kommen konnten.«

»Nehmen Sie Platz.« Sophie weist ihr den Weg und bietet ihr einen Stuhl am Besprechungstisch an. »Wir möchten, dass Sie mit Anyanas Mutter telefonieren und sie über den Tod ihrer Tochter informieren. Bitte übersetzen Sie dabei nur meine Worte. Fügen Sie nichts hinzu und lassen Sie nichts weg.«

»Ja, natürlich.«

»Gut.« Sophie atmet tief durch. »Dann mal los.«

Sie wählt die Nummer und stellt die Raumsprechfunktion an. Nach dem siebten Läuten wird abgehoben.

»Salut?«

»Spreche ich mit Anyanas Mutter?«, beginnt Sophie und Adriana Calin übersetzt sofort.

»Ja.«

»Wie ist Ihr Name?«

»Ema Mitai. Was ist denn los?«

»Ich bin Kommissarin Meerkatz von der Kripo Husum und ich habe eine Dolmetscherin hier, die alles für Sie übersetzt.«

»Oh mein Gott. Was ist passiert? Ist etwas mit Anyana?«

»Bitte notieren Sie sich meine Telefonnummer, falls Sie später noch Fragen haben. Dann können Sie mir Nachrichten schicken. Das geht auch auf Rumänisch.«

»Okay, ich habe die Nummer aufgeschrieben. Was ist mit Anyana?«

»Sie hat ihre Schwester gesucht, richtig?« Sophie

versucht mit allen Mitteln, die schlimme Botschaft hinauszuzögern. Denn danach wird sie keine sinnvollen Informationen von Ema Mitai mehr bekommen.
»Ja. Sie will Estera unbedingt finden. Aber Estera ist schon so lange weg. Schon viele Jahre. Anyana ist alles, was ich noch habe.«
Verdammt. Sophie beißt sich auf die Lippen.
»Frau Mitai, können Sie bitte nach Husum kommen? Und Anyanas Zahnbürste mitbringen und ihre Haarbürste?«
»Warum?« Die Stimme der Frau beginnt zu zittern.
»Wir haben ein Mädchen gefunden, und wir denken, dass es sich um Anyana handeln könnte. Aber ganz sicher sind wir nicht.«
»Und warum fragen Sie sie nicht? Ist sie . . .« Ema Mitais Stimme versagt nun.
»Ja, leider. Sie ist tot.«
»Nein!«
Der nun folgende emotionale Ausbruch bleibt unübersetzt. Adriana Calin kämpft selbst mit den Tränen.

Erst nach einer Weile versucht Sophie wieder zu der verzweifelten Mutter durchzudringen. »Frau Mitai, kommen Sie nach Husum. Bitte. So schnell wie möglich. Schreiben Sie mir auf diese Handynummer, wann Sie ankommen. Ich hole Sie vom Bahnhof ab.«

Adriana Calin wiederholt diese Aufforderung mehrmals auf Rumänisch, bis sie eine Antwort bekommt.
»Okay, ich komme.«
»Und senden Sie mir ein Foto von Anyana auf genau diese Nummer, und auch eines von Estera, bitte.«
»Okay«, kommt es tonlos zurück und plötzlich ist die Leitung tot.

Beklemmung füllt den Raum, bis Thomsen tief Luft holt und so heftig niest, dass es die Unterlagen vom Tisch weht.

Adriana Calin, die vor Schreck zusammengefahren ist, bückt sich nach einem handschriftlich beschriebenen Blatt.

»Gut, dass Sie das schon in Händen halten«, erklärt Thomsen und zieht das letzte Papiertaschentuch aus der Packung. »Kommissar Hinrichs hat das übersetzt. Werfen Sie da bitte mal 'nen Blick drauf. Und auf die restliche Handy-Korrespondenz ebenfalls. Oberkommissarin Meerkatz wird Sie unterstützen, ich geh mal schnell in die Apotheke, was gegen diese Erkältung holen.«

31

Adriana Calin studiert akribisch die WhatsApp-Korrespondenz zwischen Anyana und ihrer Mutter und vergleicht sie Satz für Satz mit Jaspers Übersetzung.
»Im Wesentlichen alles korrekt. Auf die Bezeichnung *Hure* für die Schwester möchte ich kurz eingehen. Anyana verwendet das Wort curvă. Das bedeutet wohl Hure, aber es ist auch ein Schimpfwort. Das muss nicht heißen, dass die Schwester eine Prostituierte ist, sondern wurde vielleicht verwendet, um eigene Emotionen gegen die Person auszudrücken. Im Deutschen würde man vielleicht *Schlampe*, oder *verdammtes Miststück* sagen.«
»Oder Scheiß-Schwester?«, fragt Sophie interessiert.
»Ja, genau.«
»Hm . . .« Thomsen, der mit einer Großpackung Taschentücher und zwei Nasensprays zurückgekehrt ist, reibt sich die Augen, die mittlerweile zu jucken begonnen haben. »Aber es wäre auch möglich, dass die Schwester als Nutte gearbeitet hat und Anyana sie deshalb beschimpfte?«
»Ja. Das wäre natürlich genauso möglich. *Curvă* heißt *Hure* – ich wollte nur darauf aufmerksam machen, dass dieses Wort auch als Schimpfwort für Frauen verwendet

wird, die keine Prostituierten sind.«
»Danke, Frau Calin. Darf ich Ihnen noch etwas anbieten, einen Kaffee vielleicht?«
»Nein, danke.« Die Dolmetscherin setzt ein scheues Lächeln auf. »Frau Kommissarin Tades hat mich vorhin schon gefragt. Ich muss dringend wieder nach Flensburg zurück.«
»Okay, aber halten Sie sich unbedingt für morgen bereit. Da wird die Mutter des toten Mädchens hier ankommen.«
»Aber....«
»Kommen Sie mir jetzt nicht mit *aber*«, donnert Thomsen plötzlich los. »Soll Kommissar Hinrichs vielleicht mit der armen Seele auf dem Handy-Übersetzungsprogramm rumtippen?«
»Ist gut, ich komme«, gibt Adriana Calin klein bei und beeilt sich mit der Verabschiedung, da der Hauptkommissar bereits wieder tief einatmet und verdächtig mit den Augen blinzelt.

Der Niesanfall folgt dann erst zwei Minuten später, als Dienststellenleiter Petersen im Großraum auftaucht, um sich nach dem Stand der Dinge zu erkundigen.

»Mensch Rüde, du niest wie 'n Walross«, kommentiert er befremdet.

»Aber doch nicht absichtlich«, verteidigt sich Thomsen und schnäuzt sich lautstark.

»Klar.« Görg Petersen tritt den Rückzug an. »Besser, du informierst mich bei Gelegenheit telefonisch.«

»Wir sollten Estera Mitai suchen«, meint Sophie, nachdem sie wieder unter sich sind. »Anyana ging offenbar davon aus, hier in Husum einen Anhaltspunkt zu finden, wo sich ihre Schwester aufhalten könnte – obwohl ihre Mutter sich sicher ist, dass Estera schon lange nicht mehr hier ist.«

»Denkst du denn, dass ihre Schwester etwas mit Anyanas Tod zu tun hat?«, fragt Svenja skeptisch.
»Kann ich noch nicht sagen, aber Anyana wurde getötet, als sie nach ihrer Schwester suchte. Das könnte etwas bedeuten.«
»Stimmt. Genauso gut könnte sie aber auch einfach bloß so ihrem Mörder in die Arme gelaufen sein. In diesem Wäldchen zum Beispiel. Es waren schon viele Menschen zum falschen Zeitpunkt am falschen Ort«, meint Svenja.
»Ich bin auch dafür, dass wir die Schwester suchen«, bringt sich nun Jasper ein. »Schon wegen der Mutter. Die muss jetzt den Tod ihrer siebzehnjährigen Tochter verkraften.«
»Bin ich doch auch«, stellt Svenja klar. »Und wer weiß – vielleicht hängt Anyanas Tod tatsächlich mit der Suche nach ihrer Schwester zusammen? Vielleicht hat sie Esteras Zuhälter aufgesucht?«
»Wenn sie überhaupt einen hatte«, meint Jasper. »Vielleicht war sie gar keine Nutte.«
»Oder 'ne Nutte ohne Zuhälter . . .«
»Stopp«, verlangt Thomsen. »Mir brummt schon der Schädel. Svenja, du klemmst dich an den PC und suchst alle Escort-Webseiten von Schleswig-Holstein ab, und wir beide, Meerkatz, gehen in den Puff.«
»Wo gehst du hin?«
Maike steht plötzlich in der Tür, mit einer großen Tortenschachtel im Arm. »Ich dachte, ihr wollt die ersten Stücke schon mal zum Kaffee probieren.«
»Du bist die Beste.« Svenja steht auf und umarmt sie spontan, während sich Thomsen in den nächsten Niesanfall flüchtet. Mit seiner knallroten Nase und den tränenden Augen sieht er so richtig erbärmlich aus.
»So gehst du mir nirgendwohin«, bestimmt Maike. »Du

bleibst schön im Warmen. Ich mach dir gleich mal 'n heißen Tee.«
»Dank dir, Mäuschen«, sagt Thomsen ganz gerührt.
»Jasper, du gehst.«
»Ich?«
»Ja, du.«
Svenja kichert bereits, weil die Panik im Gesicht ihres Kollegen Bände spricht.
»Nein, Chef, das kann ich nicht machen. Ich bin ein werdender Vater«, bringt er stotternd heraus.
»Du sollst dort bloß ermitteln.«
»Das weiß ich, aber wenn die Mutti und die Billi das erfahren . . . das wars dann . . .« Er lässt den hochroten Kopf hängen.
»Dann erzählst du es eben nicht«, brummt Thomsen.
»Und außerdem ist die Meerkatz auch dabei.«
Jaspers Augen wandern ängstlich zu Maike.
»Versprichst du . . .?«
»Ich sage kein Wort.« Sie macht eine Geste, als ob sie ihren Mund versperren würde.
Sein Blick gleitet weiter zu Svenja.
»Versprochen.« Auch sie legt den Finger an ihre Lippen.
»Na gut«, gibt er sich geschlagen.

32

Jasper ist außerordentlich schweigsam auf der Fahrt in die Rosengasse, in der sich das einschlägige Etablissement befindet. Sophie, die am Beifahrersitz Platz genommen hat, betrachtet ihn nachdenklich von der Seite. Es ist rührend, wie viel Mühe er sich gibt, in der Beziehung mit seiner Freundin alles richtig zu machen. Ob Billi weiß, unter welchem Druck er deshalb steht?

Ein Ping, das ihr Handy von sich gibt, reißt sie aus ihren Gedanken. Ema Mitai hat ein Foto von Anyana geschickt, auf dem ihr hübsches Gesicht gut erkennbar ist. Und ein zweites Foto kommt gleich hinterher. *Estera* steht als Textnachricht dabei und Sophie bemerkt sofort die Ähnlichkeit. Wie Anyana hat auch ihre ältere Schwester große dunkle Augen mit beeindruckend langen Wimpern. Doch während Anyana eher niedlich wirkt, vermitteln Esteras Gesichtszüge eine edle Haltung. Sie hat so etwas wie ein zeitlos schönes Gesicht.

Weshalb hat sie den Kontakt zu ihrer Familie abgebrochen? Weil sie sich verkaufen muss, um zu überleben? Aus Scham? Oder steckt etwas anderes dahinter?

»Mist«, flucht Jasper plötzlich und tritt auf die Bremse.

Sophie, die ihren Gedanken nachhing, wird vom Sicherheitsgurt schmerzhaft am Vorkippen gehindert.

»Mann, Jasper«, schimpft sie.

Er deutet bloß auf einen Greis mit Rollator, der ohne zu gucken zwischen zwei geparkten Autos hervorkam und nun mit seinem Schneckentempo die Straße blockiert.

»Ich glaub's nicht...«, stöhnt Sophie, während sie sich ihre Schulter reibt.

»Was soll ich machen? Ihm ein Knöllchen verpassen?«, ätzt Jasper, während er den Alten beobachtet, der eine gefühlte Ewigkeit braucht, um den Bürgersteig auf der anderen Seite zu erreichen.

Eine Querstraße weiter parkt er sich ein.

»Glücklicherweise ist das unser einziges Bordell hier. Mann, dieser Einsatz ist mir echt unangenehm.«

»Denkst du denn, mir macht es Spaß?« Sophie sieht ihn kopfschüttelnd an. »Wenigstens sind die Fotos der Mädchen rechtzeitig gekommen. Wir können nur hoffen, dass sie jemand gesehen hat.«

»Du hast recht.« Jasper strafft seine Schultern und reckt sein Kinn vor.

Als ob er sich gegen eine Armee wappnen müsste, denkt Sophie und unterdrückt ein Grinsen.

Die dunkelrot getünchten Wände werden von goldenen Fackeln beleuchtet, wobei die Beleuchtung insgesamt eher spärlich gehalten ist. An der Bar herrscht Ebbe, was an der Uhrzeit liegen dürfte. Lediglich eine ältere, stark geschminkte Dame mit blondiertem, auftoupiertem Haar steht dahinter und poliert ein Glas.

Sophie setzt sich zu ihr an die Bar, Jasper bleibt steif an ihrer Seite stehen.

»Ich bin Kommissarin Meerkatz, von der Kripo Husum, wir ermitteln in einem Mordfall. Sind Sie die

Inhaberin dieser Bar?«

Sie nickt und stellt das Glas weg. »Ja, für die Behörden bin ich Dörte Gries. Für alle anderen *Mama Denise*. Geht es um die Kleine, die im Wald gefunden wurde?«

Sophie nickt. »Schreckliche Sache. Ich habs im Fernsehen gesehen.«

»Ja. Wir wollen wissen, ob sie mal hier war.« Sophie zeigt ihr das Foto von Anyana.

Mama Denise schlägt die Hände zusammen. »Ach nee, so 'ne hübsche Kleine. Nee, die war nicht hier.«

»Auch nicht, um nach ihrer Schwester zu fragen?«

»Nee, also bei mir nicht. Dieses entzückende Gesichtchen hätte ich mir gemerkt.«

»Das hier ist ihre Schwester.« Sophie wischt über ihr Handydisplay, bis Esteras Porträt erscheint. »Haben Sie die vielleicht gesehen?«

»Auch 'ne Schönheit. Liegt bei denen wohl in der Familie. Aber nein, ich hatte nicht das Vergnügen, sie kennenzulernen.«

Nebenan rumpelt es plötzlich kräftig. Sophie blickt irritiert zu der geschlossenen Tür hinüber.

»Wir haben neue Wanddekorationen für unseren Salon bestellt«, erklärt Mama Denise. »Der Künstler und der Hausmeister sind wohl noch am Werken.«

»Aha.« Sophie kommt nun wieder auf ihr Anliegen zurück. »Könnten Sie Ihre Mädchen fragen, ob jemand Anyana oder Estera gesehen hat?«

»Aber natürlich.« Sie wirft einen Blick auf die Uhr. »Um die Zeit müssten schon alle wach sein, nun ja, bis auf Lola vielleicht. Aber die wecke ich dann eben. Wenn Sie mich einen Moment entschuldigen würden.«

Sophie sieht der üppigen Erscheinung mit der weißblonden Lockenpracht, die nun die Treppe am Ende des Raumes hinaufstöckelt, hinterher.

»Ich guck mir schnell mal den Salon an«, flüstert sie ihrem Kollegen zu. »Du hältst hier die Stellung.«

»Aber . . .«, beginnt Jasper, doch Sophie wirft ihm einen strengen Blick zu und legt einen Zeigefinger an die Lippen.

So leise wie möglich öffnet sie die Doppelflügeltür und schlüpft in den Raum nebenan. Auch jener ist in dunklem Rot und Gold gehalten, um den Gästen eine möglichst erotische Stimmung zu vermitteln. Eine intime Nische reiht sich an die andere. In der Mitte befindet sich ein kleines rundes Podest mit einer Poledance-Stange.

Offenbar werden tatsächlich alle Nischen mit neuen Bildern ausgestattet. Bilder, auf denen Leuchttürme abgebildet sind, vor denen sich nackte Frauen in aufreizenden Positionen rekeln. Sie stutzt. Die Bilder sind gut, nicht nur verdammt heiß, sondern auch qualitativ hochwertig gemacht. Und der Stil kommt ihr bekannt vor – genauso wie das knackige Hinterteil jenes Mannes, der einem anderen, der auf einer Leiter steht, ein Gemälde zureicht.

»Enno?«

»Sophie!« Der Mann mit dem knackigen Po fährt herum und lacht erfreut auf. »Wie schön, dich wiederzusehen! Hätte ich hier nicht vermutet.«

»Ja. Geht mir umgekehrt genauso.«

Nun tritt ein peinliches Schweigen ein, das der Hausmeister auf der Leiter mit einem gekonnten »Passt so?« unterbricht.

»Was?« Enno dreht sich zu ihm um.

»Hängt es gut so?«

»Jaja, klar. Was führt dich her?«, wendet er sich nun wieder Sophie zu. »Die Tote aus dem Wald?«

»Ja.« Sophie zeigt auch ihm und dem Hausmeister die

Fotos der rumänischen Mädchen. Doch beide schütteln den Kopf.

»Nun, so oft bin ich ja auch nicht hier«, erklärt Enno ein wenig verlegen.

»Klar«, meint Sophie. »Ich dachte, du wärst diesen Monat in Los Angeles? Lief deine Ausstellung nicht gut?«

»Doch, doch, und völlig ohne mein Zutun, weswegen ich den nächsten Flug zurück ins Kühle nahm. Im Mai wirds dort schon richtig heiß, das verträgt mein nordisches Blut nicht. Da ist mir der Campingplatz meiner Stiefmama lieber.« Enno lacht. »Trotzdem wäre es besser, du erzählst Ella nichts von unserer Begegnung hier. Du weißt ja, wie sie ist.«

»Tja, das ist wohl ein Thema, das du mit deinem Halbbruder klären solltest.«

»Jasper ist hier?« Ennos Augenbrauen gehen hoch.

Sophie zieht eine entsprechende Grimasse und öffnet die Tür zur Bar.

Das Bild, das sich ihnen bietet, könnte gegensätzlicher nicht sein. Jasper steht dort, steif wie ein Brett, umringt von hübschen jungen Frauen in Unterwäsche. Eine blondgelockte streicht ihm gerade mit ihrem knallrot lackierten Zeigefinger über die Lippen.

»Bist du aber ein Süßer«, flirtet sie und lacht.

Jasper wischt ihre Hand unwirsch weg. »Hören Sie damit auf. Das hier ist eine offizielle Amtshandlung.«

»Und wenn nicht? Legen Sie mir dann Handschellen an, Herr Kommissar?« Der blonde Engel zieht einen erotischen Schmollmund.

»Das ist nicht lustig.« Jasper hat bereits glühend rote Wangen und auf seiner Stirn bilden sich erste Schweißperlen.

»Doch, irgendwie schon«, meint Enno lachend und Jasper fährt herum.

»Äh . . .«

Sophie wendet sich nun den Mädchen zu. Sie lässt ihr Handy mit den Fotos herumgehen. Aber alle schütteln den Kopf.

»Meine Mutter stammt auch aus Rumänien«, erklärt eine mollige Dunkelhaarige mit bemerkenswerter Oberweite. »Ich würde mich garantiert erinnern. Ich bin hier aufgewachsen, aber ich liebe alle Gelegenheiten, bei denen ich mich in meiner Muttersprache unterhalten kann.«

»Alles klar, dann danke für die Auskunft«, verabschiedet sich Sophie und wendet sich zur Tür.

Jasper steht immer noch wie zur Salzsäule erstarrt und sucht nach Worten.

Sophie stupst ihn an.

»Was ist, willst du hier bleiben?«

»Äh . . . nein.« Nun macht er doch einen Schritt auf seinen Halbbruder zu. »Du sagst kein Wort zur Mutti!«

Enno lacht und kreuzt die Finger.

»Großes Ehrenwort.«

»Ich fahre«, erklärt Sophie, als sie die Straße queren. »Du wirkst irgendwie paralysiert.«

»Ist das ein Wunder? Erst diese . . . Mädchen, und dann Enno! Ich dachte nicht, ich meine, dass er . . . ich meine, ihr wart doch auch mal zusammen, ist es dir denn egal, dass er . . .«, stottert Jasper aufgewühlt.

Sophies Mundwinkel zucken belustigt. Mann, war ihr das peinlich damals – gleich nach ihrer Ankunft in Husum – als sie nach einem heißen One-Night-Stand feststellen musste, dass sie an den Halbbruder ihres Kollegen geraten war.

»Nun, erstens waren wir nicht zusammen, sondern haben miteinander amüsante Stunden verbracht, und

zweitens war er wegen der Bilder da.«
»Wegen der Bilder?« Jasper guckt verdutzt.
»Ja, die sehen toll aus. Mama Denise hat einen richtig guten Kunstgeschmack, das muss man ihr lassen.«
»Ach. Das hat er dir erzählt? Und du nimmst ihm das ab?« Jasper verschränkt die Arme und schüttelt den Kopf.
»Nun, wie du meinst. Gebracht hat das Ganze jedenfalls nichts. Wir wissen jetzt auch nicht mehr als zuvor. Also, was den Fall betrifft, meine ich.«
»Ja. Das kann passieren«, erwidert Sophie lapidar. »Nicht jede Spur führt zum Ziel.«

33

»Das ist schon die dritte Torte, die nach nichts schmeckt«, beschwert sich Thomsen. »Wo hast du die bloß her?«
»Von meinem Lieblingsbäcker«, rechtfertigt sich Maike. »Den mochtest du doch bisher auch immer so gern.«
»Ja, als er noch Torten mit Geschmack gebacken hat«, murrt Thomsen.
»Mensch Rüde, das liegt doch an dir«, geht Ella dazwischen. »Bei so 'ner Erkältung, wie du eine hast, kann man nichts mehr schmecken. Diese Torten sind köstlich.«
»Ganz meine Meinung«, schließt Svenja sich an. »Speziell diese Mandel-Nuss-Schnitte hier.«
»Ich finde die mit Kirschen und Sahne am besten«, meint Billi und strahlt Jasper verliebt an. »Probier mal!«
Sie schiebt ihm mit ihrer Gabel ein Stück davon in den Mund, an dem er sich prompt verschluckt, als Enno den Raum betritt. Während jener die Anwesenden begrüßt und Jasper verzweifelt Tortencreme aus der Luftröhre hochhustet, lässt Maike ihrer Neugier freien Lauf.
»Seid ihr bei eurem Fall schon weitergekommen?«
Sophie schüttelt den Kopf. »Nicht seit heute Mittag.«

»Und Kirsten Moll?«, will Ella wissen. »Habt ihr da neue Hinweise erhalten?«

»Auch nicht«, brummt Thomsen, der frustriert das vierte geschmacksneutrale Tortenstück in sich hineinschaufelt.

»Äh, doch«, krächzt Jasper plötzlich. »Da hat jemand angerufen.«

»Ach ja?« Thomsen fixiert den Jüngeren nun mit einem strengen Blick.

»Ja, äh, sorry Chef, das hatte ich ganz vergessen zu berichten. Ein Junge hat bei uns in der Zentrale angerufen, also zumindest hatte er 'ne junge Stimme, er hat mir ja sein Alter nicht verraten. Um genau zu sein, hat er mir auch seinen Namen nicht verraten, aber ...«

»Jasper!« Thomsens Stimme hat nun einen Klang, als ob sie Glas schneiden könnte. »Komm auf den Punkt. Was hat er gesagt?«

Jasper hustet erneut und Billi klopft ihm gekonnt auf den Rücken.

»Dass sie lebt. Er sagte, er wüsste mit Sicherheit, dass Kirsten noch lebt.«

Einen Moment lang ist es so still, dass man eine Stecknadel fallen hören könnte, dann reden alle durcheinander.

Von *Wer weiß, ob das stimmt* bis zu *Die Eltern werden so glücklich sein* ist alles dabei.

»Schluss jetzt«, macht Thomsen der Diskussion ein Ende. »Das ist 'ne dienstliche Angelegenheit, die besprechen wir morgen. Jetzt will ich bloß von euch hören, welche dieser Köstlichkeiten, die für mich alle gleich schmecken, die beste ist.«

»Ihr wisst schon, dass man auch mischen kann?«, facht Svenja die Diskussion neu an.

»Wie? Du meinst, den Teig zusammenrühren?«

Thomsen verzieht missbilligend die Mundwinkel.

»Nee.« Svenja lacht. »Stockweise. Also bei 'ner dreistöckigen Torte könnte sich unten zum Beispiel diese köstliche Mandel-Nuss-Kreation befinden, und darüber die Schoko-Nougat-Marzipan . . .«

»Das ist 'ne tolle Idee«, freut sich Maike. »Ich hätte mich sowieso nie für eine allein entscheiden können. Also je mehr, desto besser, nicht wahr? Jasper, wie siehst du das?«

»Ich? Wieso ich? Mir reicht eine. Ich meine, wenn ich mich für eine entschieden habe, dann bleibe ich auch dabei«, stammelt er wie ertappt.

»Also ich finde Abwechslung nicht schlecht«, meint Enno und in seinen Augen blitzt ein belustigtes Funkeln auf. »Wie siehst du das, Billi?«

Sophie, die registriert, wie Jaspers Kopf rot anläuft, tritt Enno unter dem Tisch gegen das Schienbein.

Billi jedoch lacht unbefangen. »Ich weiß nur, ich werde platzen auf dieser Hochzeit, wenn es drei verschiedene Torten gibt.«

»Habt ihr eigentlich schon bei Au-pair-Agenturen nachgefragt?«, fragt Ella plötzlich.

»Mutti, der Rüde hat doch gesagt, das ist dienstlich«, schimpft Jasper sofort.

»Nee, haben wir nicht«, geht Sophie dennoch darauf ein. »Wie kommst du drauf?«

»Weil ich gerade ein Buch über ein Kindermädchen lese, das in Kalifornien von einem Hijacker entführt worden ist.«

»Was ist ein Hai Checker?«, fragt Maike.

»Jemand, der dich mit dem Auto entführt. Der sich bei 'ner roten Ampel zu dir in den Wagen hockt und mit der Waffe zwingt, dahinzufahren, wo er will.«

»Ach. Und den nennt man so?«

»In Amerika schon . . .«

»Danke für den Tipp, Ella«, unterbricht Sophie. »Es schadet sicher nicht, wenn wir auch noch Au-pair-Agenturen durchrufen . . .«

»Auch noch? Wo habt ihr denn schon überall nachgefragt?«, springt Ella sofort auf diesen Zug auf.

»Nirgends, Mutti, nirgends!«, erwidert Jasper gestresst. »Und jetzt hör endlich mit diesem Fall auf! Es geht hier nur um die Torten.«

»Schon gut, Junge, schon gut«, lenkt Ella ein. »Meine Stimme bekommt die mit dem Orangenlikör.«

Sophie lehnt sich an die kühle Hauswand und bläst den Rauch in die Nacht.

»Immer noch nicht aufgehört?« Enno kommt aus dem Haus und steckt sich ebenfalls eine an.

»Nee. Manche Dinge krieg ich einfach nicht auf Dauer hin.«

»So wie . . . Beziehungen?« Seine blitzblauen Augen unter den langen dunklen Wimpern funkeln schelmisch.

Sie stupst ihn.

»Vielleicht hast du recht. Aber ich höre nie auf, es zu versuchen.«

»Die Sache mit Taako hat also eine Chance?«

»Ella hat es dir erzählt?«

»Logisch. Sie lässt keine Gelegenheit aus, mir zu erklären, was für ein Idiot ich bin, dass ich mich nicht mehr dahintergeklemmt habe, als ich die Chance dazu hatte.«

»Ach, quatsch.«

»Nee, wo sie recht hat, hat sie recht.« Er lächelt entwaffnend. »Aber ich bin kein Quertreiber. Dieser Feuerwehrmann soll seine Chance haben – allerdings, wenn er sie verkackt, lass es mich wissen.«

Sophie lacht.
»Wie lange bleibst du dieses Mal?«
»Bloß drei Tage. Dann bin ich auf 'ner Ausstellungseröffnung von 'nem Kollegen eingeladen. In Oslo. Hey, guck mal«, er deutet in den Himmel, »'ne Sternschnuppe! Jetzt darfst du dir was wünschen.«

*Das Wesen des Meeres
ist aus dem Tropfen nicht ersichtlich*

Kurt Tucholsky

SAMSTAG

34

»Heute kommt Anyanas Mutter und wir sind immer noch keinen Schritt weiter«, seufzt Sophie.

»Schlimmer noch, Ben Grütken wurde soeben wieder entlassen, weil sich der Verdacht gegen ihn nicht erhärten ließ«, mault Svenja. »Die SpuSi hat nicht einen einzigen Blutfleck in seinem Apartment gefunden, auch keine sonstigen Anzeichen von Gewalt. Und keine Fingerabdrücke oder DNA-Spuren von Anyana, weder im Wohnzimmer noch im Schlafzimmer.«

»Und das, obwohl dort seit Monaten keiner geputzt hat«, betont Sophie.

»Anyana war also nicht in seinem Schlafzimmer – offenbar sind nicht alle Couchsurferinnen so neugierig wie Elvira«, wirft Jasper ein.

»Stimmt, aber ohne die Elviras dieser Welt wäre unser Job noch schwieriger«, gibt Sophie zu bedenken. »Ben hätte Anyanas Telefon vielleicht immer noch nicht entdeckt – und sich auch sonst nicht gemeldet, weil er keine Nachrichten guckt.«

»Sagt er. Das heißt doch noch lange nicht, dass es auch stimmt. Vielleicht führt er uns einfach grandios an der Nase rum«, meint Svenja und ihrer Stimmlage nach zu schließen, traut sie ihm das tatsächlich zu.

»Den kannst du wohl gar nicht leiden«, bemerkt Sophie und fragt sich im Stillen, ob ihre Kollegin recht hat. Haben sie tatsächlich Anyanas Mörder mangels Beweisen wieder laufen lassen?

»Gut möglich«, gibt Svenja zu. »Für mich hat der etwas Gruseliges. Außerdem ärgert es mich, dass wir jetzt auf der Stelle treten. Obwohl wir Anyanas Handy haben und auch aktuelle Fotos von ihr und Estera, gibt es nicht die geringste Spur, was die beiden hier gemacht haben«, motzt Svenja. »Während ihr gestern den Erotik-Tempel von Mama Denise besucht habt, hab ich stundenlang Escort-Webseiten geschaut, alles von Dagebüll über Flensburg im Norden bis runter nach Itzehoe und Brunsbüttel. Aber ich hab kein einziges Mädchen entdeckt, das einer der beiden nur entfernt ähnlich sieht.«

»Und die Au-pair Idee von Ella?«, schlägt Sophie vor. »Vielleicht gibt es da einen Treffer?«

»Ist in der Theorie gut, scheitert aber in der Praxis daran, dass dort an einem Samstagvormittag keiner abhebt.«

»Hast du denn schon eine Au-pair-Agentur ausfindig gemacht?«

»Das war die leichteste Übung«, erwidert Svenja. »Es gibt nur eine hier im Norden. Die Agentur Winter, mit Büro in Flensburg. Aber dort geht keiner ans Telefon.«

»Dann reden wir mal über Kirsten.« Sophie wirft Jasper einen auffordernden Blick zu.

Der streicht sich sofort verlegen über den Hinterkopf.

»Mann, war mir das unangenehm! Wie ich bloß verschwitzen konnte, den Rüden zu informieren. Was meint ihr, sollen wir den Eltern die ominöse Nachricht übermitteln? Ohne jeglichen Hinweis, wo sich ihre Tochter aufhalten könnte? Ich meine, wir wissen

schließlich nicht, ob der Anrufer die Wahrheit gesagt hat.«
»Ja, schwierige Entscheidung«, gesteht Sophie ihrem Kollegen zu. »Du wirst doch jetzt Papa, würdest du es wissen wollen?«
»Auf jeden Fall. Lieber 'ne falsche Hoffnung als gar keine.«
»Redet ihr über die Schwester der rumänischen Toten?«, fragt Thomsen, der soeben den Großraum betritt.
»Nee. Über Kirsten Moll«, erwidert Jasper kleinlaut.
»Na, das haste dich ja nicht gerade mit Ruhm bekleckert.«
Sophie registriert, wie ihr Kollege schuldbewusst den Kopf einzieht. Wie eine Schildkröte. Sie möchte ihm gerade zu Hilfe kommen, als Svenjas Tischtelefon laut und penetrant zu klingeln beginnt.
»Ja? Ah, ja. Danke für den Rückruf. Nein, ich suche kein Au-pair-Mädchen für mich, ich bin Kommissarin bei der Kripo Husum, ich habe eine dienstliche Frage«, erklärt sie und stellt die Freisprecheinrichtung an.
»Informationen über Personen können aus Datenschutzgründen nicht telefonisch gegeben werden«, tönt eine weibliche Stimme aus dem Lautsprecher.
»Wir wollen ja keine Kontonummer, und auch keine Gesundheitsdaten«, erklärt Svenja. »Wir müssen bloß wissen, ob eine rumänische Staatsbürgerin namens Estera Mitai von Ihrer Agentur vermittelt worden ist.«
»Wie schon gesagt, ich darf Ihnen leider über das Telefon keine ...«
Thomsen beugt sich nun zu Svenjas Telefonapparat hinunter.
»Jetzt hören Sie mal gut zu«, blafft er mit voller Lautstärke ins Mikrofon. »Hier spricht Hauptkommissar Thomsen! Wir ermitteln hier in einem Mordfall. Wollen

Sie tatsächlich unsere wertvolle Zeit verschwenden, indem wir nach Flensburg und wieder zurück pilgern sollen? Für 'ne dämliche Auskunft, die keine zwei Minuten dauert? Das können Sie haben, ich schick Ihnen 'ne Streife und den Van von der Spurensicherung gleich mit dazu! Die nehmen Ihnen die Bude auseinander!«

»Sie müssen nicht so schreien, ich wusste ja nicht, dass es um so etwas Ernstes wie Mord geht«, kommt es pikiert, aber kleinlaut retour. »Selbstverständlich bin ich bemüht, zu helfen. Estera Mihai, sagten Sie?«

»Mitai«, brüllt Thomsen in unveränderter Lautstärke.

»Estera Mitai, ja, die habe ich in der Kartei. Ist aber schon 'ne Weile her. Sie kam vor sechs Jahren zu Familie Scheper nach Husum. Vorerst für ein Jahr. Dann hat sie ein Jahr verlängert.«

»Ist das ungewöhnlich?«

»Nein, das kommt häufig vor, wenn beide Seiten zufrieden sind. Auch die Kinder profitieren davon, wenn schon eine Bindung besteht. Danach hat sie dann die Familie Scheper verlassen. Für eine weitere Au-pair Stelle über unsere Agentur hat sie sich nicht interessiert.«

»Okay. Dann schicken Sie mir jetzt die Adresse dieser Familie Scheper und hinterher scannen sie den ganzen Akt von Estera ein und übersenden ihn ebenfalls, und zwar an die E-Mail-Adresse der Kripo Husum. Haben Sie etwas zu schreiben?«

***

»Ich liebe es, wenn der Rüde die Leute zur Schnecke macht«, kichert Svenja, während sie Kaffee in die Filtermaschine nachfüllt. »Natürlich nur, wenn ich nicht in der Schusslinie bin.«

»Geht mir genauso«, bemerkt Jasper trocken. »Er kann richtig gemein werden, wenn er sich aufregt.«

»Ja, aber diese selbst ernannten Datenschützer regen mich auch auf.« Sie öffnet die Kühlschranktür und späht hinein. »Wo ist die Milch?«

»Äh, die hab ich vorhin alle gemacht«, gesteht ihr Kollege.

Svenja verdreht genervt die Augen.

»Mensch, Jasper, du bist doch keine drei mehr. Was macht man, wenn man den letzten Schluck Milch aufgebraucht hat?«

»Neue kaufen.«

»Bingo.« Sie zeigt ihm zwei Daumen hoch und garniert es mit einem No-Na Grinsen.

Sophie taucht im Türrahmen auf.

»Ist der Kaffee schon fertig?«

»Gleich«, erwidert Svenja. »Wir haben allerdings ein Milchproblem«, fügt sie mit einem Seitenblick auf Jasper hinzu.

»Ich geh schon«, murmelt jener und trollt sich mit eingezogenem Kopf und hängenden Schultern.

»Sei nicht so hart mit ihm«, lacht Sophie. »Die Adresse der Familie Scheper ist schon gekommen, samt Telefonnummer, allerdings hebt niemand ab. Nachdem die laut Google-Maps nur fünfzehn Minuten entfernt wohnen, fahr ich schnell mal vorbei.«

»Alles klar. Sind die restlichen Unterlagen von der Agentur auch schon da?«

»Nee, noch nicht.«

»Wenn Sie kommen, druck ich sie gleich aus«, erklärt Svenja diensteifrig.

»Gut, dann bis später.«

35

Das Navi ihres Dienstwagens führt sie an die nordöstliche Stadtgrenze von Husum. Zunehmend werden die Grundstücke größer und die Gärten gepflegter. Manche versprühen sogar exotisches Flair. Statt der üblichen roten Backsteinhäuser entdeckt Sophie auch die ein oder andere Villa.

Eine solche bewohnt auch die Familie Scheper. Mit Doppelgarage, Rosenbüschen und einem kostspieligen Walmdach.

Das Gartentor ist versperrt, doch auf ihr Läuten hin ertönt ein Surren und es lässt sich anschließend aufdrücken.

Sophie geht die gepflegten Treppen bis zur Haustür hoch. Eine junge Frau asiatischer Herkunft mit zusammengebundenen schwarzen Haaren öffnet die Tür.

»Bitte?«

»Ich möchte zu Herrn oder Frau Scheper.«

»Herr Scheper nix da.«

»Und Frau Scheper?«

»Frau Scheper nix da.«

Das Mädchen möchte die Tür wieder schließen, aber so leicht lässt sie sich nicht abwimmeln.

»Wann kommen denn Herr oder Frau Scheper wieder nach Hause?«

»Herr Scheper nix da«, beginnt die junge Asiatin erneut und Sophie macht sich auf eine anstrengende Kommunikation gefasst, als plötzlich eine weitere junge Frau auftaucht, mit dunklen Haaren und dunklen Augen. Sie hat einen kleinen Jungen an der Hand, der vielleicht zwei oder drei Jahre alt ist.

»Ich bin Tereza, das Kindermädchen hier. Was wollen Sie?«, fragt sie freundlich.

Sophie registriert, dass sie deutlich besser Deutsch spricht als die Asiatin, wenngleich auch bei ihr ein deutlicher Akzent zu vernehmen ist.

»Ich bin Oberkommissarin Sophie Meerkatz von der Kripo Husum und ich suche nach jemandem, der diese Mädchen hier kennt.«

Sie präsentiert die Fotos von Estera und Anyana auf ihrem Smartphone.

»Geht es um die Tote aus dem Wald, von der alle sprechen?«, fragt Tereza, während der kleine Junge an ihrer Hand zerrt.

»Ja. Haben Sie sie gesehen?«, fragt Sophie hoffnungsvoll. »War sie hier?«

»Nein. Tut mir leid. Keine der beiden.«

Sophie wirft nun der jungen Asiatin einen auffordernden Blick zu.

»Nix gesehen«, erklärt jene mit einem scheuen Lächeln.

»Chloe kommt von den Philippinen. Sie spricht kaum Deutsch. Nur Englisch«, erklärt Tereza.

»Aha. Und Sie sind als Au-pair-Mädchen hier?«

»Ja, genau«.

»Über die Agentur Winter?«

»Richtig. Woher wissen Sie das?« Die junge Frau mit den großen dunklen Augen blickt sie nun verblüfft an.

»War nur so 'ne Vermutung. Kommen Sie aus Rumänien?«

»Ja, aus Bukarest.«

»Sie sprechen ausgezeichnet Deutsch. Wie kommt das?«, will Sophie nun wissen.

»Mein Vater war Deutscher. Er hat immer mit mir Deutsch gesprochen.«

»Das erklärt alles.« Sophie lächelt ihr zu. »Wie lange sind Sie schon hier?«

»Ein halbes Jahr.«

»Wissen Sie, wann Herr und Frau Scheper wieder kommen?«

»Erst abends. Sie sind auf Idas Ballettaufführung.«

»Wer ist Ida?«

»Die fünfjährige Tochter der Schepers. Und das hier«, sie hebt den kleinen Jungen liebevoll hoch, »ist Kai, der jüngste Spross des Hauses.«

Sophie blickt auf die Uhr. »Wenn ich um 19 Uhr wiederkomme, hab ich dann eine Chance, die Schepers anzutreffen?«

»Nee, leider. Es wird wohl sehr spät werden. Ida darf nach der Aufführung bei ihrer Freundin übernachten und Herr und Frau Scheper haben ein Dinner mit Freunden geplant.«

Sophie seufzt. Ein Samstag im wohlhabenden Speckgürtel. Was hatte sie auch erwartet? Dass alle zu Hause sitzen und warten, bis sie mit Fragen über ein Mordopfer ankommt?

Sie drückt Tereza ihre Visitenkarte in die Hand.

»Falls Ihnen noch etwas einfällt, können Sie mich jederzeit anrufen. Und richten Sie bitte Herrn und Frau Scheper aus, dass ich morgen noch mal vorbeikomme.«

36

Auf dem Rückweg ins Büro erreicht sie eine Textnachricht von Anyanas Mutter. Leider auf Rumänisch und damit für Sophie nicht verständlich. Allerdings beinhaltet der Satz das Wort Husum und eine Uhrzeit.

Sie ruft Svenja vom Dienstwagen aus an.
»Anyanas Mutter kommt vermutlich in zehn Minuten am Bahnhof an. Kannst du sie abholen?«
»Klar.«
»Und verständige bitte die Dolmetscherin. Sie soll schnellstmöglich ins Büro kommen.«
»Okay, ich kümmere mich drum.«

***

Ema Mitai war vermutlich einmal eine schöne Frau. Die wohlgeformten Gesichtszüge hat sie immer noch. Alles andere hat gelitten. Speziell die Haut und die Zähne verraten, dass Armut, Elend und Not ihr Leben bestimmen. Und nun gesellt sich auch noch die Trauer hinzu, die dicke Furchen in ihr Gesicht gräbt.

Die Wartezeit bis zum Eintreffen der Dolmetscherin ist für alle Beteiligten eine Herausforderung. Jasper hat sich die Mühe gemacht und mit seinem Handy die folgende Botschaft ins Rumänische übersetzt:

Wir bedauern den Tod Ihrer Tochter sehr. Wir geben uns große Mühe, den Mörder zu finden. Die Dolmetscherin kommt gleich.

Svenja bringt Kaffee und Tee, ebenso Zucker und Milch.

Ema Mitai nimmt alles dankbar an, wird jedoch immer wieder von ihrer Trauer übermannt. Sophie ist dankbar für die mitgebrachte Zahnbürste, die der DNA-Analyse und damit verbunden der eindeutigen Identifizierung dient, und lässt sie umgehend zur forensischen Auswertung bringen. Alle atmen erleichtert auf, als Adriana Calin eintrifft und die Befragung beginnen kann.

Doch anstatt die Fragen der Ermittler zu beantworten, wiederholt Anyanas Mutter immer und immer wieder den Wunsch, ihr Kind ein letztes Mal sehen zu dürfen. Dass dies bei einem Körper, der zwei Wochen in der Erde gelegen hat, keine gute Idee ist, fällt der Übersetzerin schwer zu vermitteln.

»Haben Sie denn gar nichts für mich? Als Andenken an meine Tochter?«, fleht Ema Mitai unter Tränen. »Ihre Halskette vielleicht? Das Medaillon, das sie immer getragen hat. Die Heilige Maria Mutter Gottes.«

»Die zierliche goldene Halskette, die man auch auf dem Foto sieht?«, vergewissert sich Sophie.

»Ja. Anyana hat sie immer getragen.«

»Die haben wir noch nicht gefunden. Es tut mir sehr leid.«

Um der vom Schicksal schwer gebeutelten Frau eine Pause von den quälenden Gedanken an ihr totes Kind zu ermöglichen, bringt sie das Gespräch auf Estera, die ältere Tochter.

»Ich weiß nicht, was mit Estera passiert ist«, erklärt Ema Mitai traurig. »Sie hat sich sehr brutal von ihrer Familie abgenabelt. Sie hatte immer gesagt, sie wünscht sich ein besseres Leben für sich und für ihre Familie. Aber das mit der Familie war wohl gelogen. Estera war fleißig in der Schule, konnte gut Englisch und lernte zusätzlich Deutsch, weil sie im Land der Reichen arbeiten und viel Geld verdienen wollte. Aber bald waren wir nicht mehr wichtig. Am Anfang schrieb sie uns noch jeden Tag und schickte Fotos von ihrem neuen Zuhause, aber nach zwei oder drei Monaten wollte sie nicht mehr mit uns telefonieren. Und auch ihre Nachrichten wurden seltener. Sie hat sich verändert in Deutschland, sie schrieb, dass sie nun auf sich selbst schauen müsste, und dass wir sie nicht ständig mit Nachrichten nerven sollten. Das tat weh.«

»Und sie kam auch nicht mehr auf Besuch nach Hause?«

»Nein. Nie. Ich habe oft gefragt, aber sie wollte nicht.«

»Und Sie selbst? Haben Sie Ihre Tochter hier im Norden einmal besucht?«, hakt Sophie nach.

»Nein. Uns fehlte das Geld. Anyana war noch sehr jung. Alles was ich hatte, brauchte ich für sie. Für Essen, für Heizung, für Schulsachen . . .«

»Estera hat also kein Geld nach Hause geschickt?«

»Anfangs schon. Aber nach drei Monaten kaum noch. Es reichte nicht für eine so weite Reise. Und später hörte sie ganz damit auf.«

»Wann?«

»Nach zwei Jahren. Da ging sie weg aus Deutschland, weg von der netten Familie mit den Kindern. Ganz weit weg. Da, sehen Sie?«

Ema Mitai schiebt eine Ansichtskarte über den Tisch.

Auf der einen Seite prangt die Freiheitsstatue von New York, auf der anderen steht bloß ein kurzer Satz geschrieben.

Jetzt bin ich frei, Estera

»Das ist das letzte Mal, dass ich überhaupt etwas von ihr gehört habe. Anyana hat sie gehasst dafür, dass sie uns verlassen hat. Aber ich kann sie nicht hassen. Trotz allem ist sie immer noch mein Kind.«

Svenja schiebt die Taschentücher-Box zu ihr hinüber und sie schnäuzt sich dankbar.

»Warum wollen Sie so viel über Estera wissen, ich denke, Sie wollen Anyanas Mörder finden?«, schluchzt sie leise.

»Das ist richtig«, stimmt Sophie zu. »Aber jemand hat Anyana getötet, als sie dabei war, Estera zu suchen. Und ich frage mich, ob es da vielleicht einen Zusammenhang gibt?«

»Das verstehe ich nicht«, schnieft Ema Mitai, und sieht ratlos zwischen den Ermittlerinnen und der Dolmetscherin hin und her. »Warum sollte jemand Anyana töten, bloß weil sie nach Estera sucht . . .«

Plötzlich weiten sich ihre Augen.

»Denken Sie denn, Estera hat etwas damit zu tun?«

»Ich weiß es nicht, Sie kennen Ihre Tochter besser«, antwortet Sophie. »Könnte Estera damit etwas zu tun haben?«

»Nein, das denke ich nicht. Sie ist in New York oder sonst irgendwo. Ganz sicher weiß sie nicht, was ihrer kleinen Schwester zugestoßen ist.«

Ema Mitai bricht nun wieder in Tränen aus und

Sophie flüstert Svenja zu, sie soll sie in der kleinen, günstigen Pension zwei Gassen weiter unterbringen.

»Ruhen Sie sich erst mal aus. Wir reden morgen weiter.«

***

In der Kaffeeküche trifft Sophie auf Jasper, der völlig von den Socken ist.

»Der Typ hat wieder angerufen. Der aus Kopenhagen. Wegen Kirsten«, setzt er aufgeregt hinzu.

»Tatsächlich? Was spricht er diesmal?«

»Mehr. Sehr viel mehr. Er sagte, er hätte noch mal nachgedacht und auch mit seiner Freundin geredet, und sie meinte auch, er soll der Polizei sagen, was er weiß.«

»Hat er dieses Mal seinen Namen genannt?«

»Nein, wieder nicht. Stell dir vor – die gleiche Telefonzelle aus Kopenhagen wie beim letzten Mal.«

»Und was sagte er?«, hakt Sophie nach.

»Dass die Kirsten lebt.«

»Das sagte er schon bei seinem ersten Anruf.«

»Ja, aber diesmal sagte er auch wo. Nämlich in Berlin.«

»In Berlin?«

»Ja. Er meinte, sie wäre jetzt achtzehn und wäre dort in einer Art Methadon-Programm untergekommen, irgend so 'ne Therapie für Ex-Junkies.«

»Das ist doch quatsch, wenn dem so wäre, wäre ihr Name längst bei uns im System aufgepoppt.«

»Das hab ich ihm auch gesagt und er sagte, sie würde

den Namen einer ehemaligen Freundin benutzen. Silke Braun.«

»Silke Braun?«

»Sagte er.« Jasper trippelt von einem Bein auf das andere. Die Aufregung macht es ihm unmöglich, ruhig zu stehen. »Was mach ich denn jetzt? Ich kann den Rüden nicht erreichen. Auch die Maike hebt nicht ab.«

Sophie legt ihm beruhigend eine Hand auf die Schulter. »Entspann dich. Berlin ist meine Heimatstadt. Ich weiß, wen ich anrufe. Mit ein bisschen Glück wissen wir heute Abend schon, ob an der Sache was dran ist.«

37

Otello begrüßt sie heute viel aufdringlicher als sonst. Maunzend streicht er um ihre Beine.

»Jetzt tu bloß nicht so, als ob du am Verhungern wärst! Ah . . . deshalb. Keine Vögel mehr vom Himmel gefallen?«, fragt sie lachend, als sie die aufgeklebten schwarzen Vogel-Silhouetten an ihrer Terrassentür entdeckt. Taako ist wirklich ein Schatz. Er ahnte wohl schon, dass sie nicht dazukommen würde, welche zu besorgen. Trotzdem ist es ihr ganz recht, dass er heute Abend andere Pläne hat, denn so bleibt ihr Zeit für ein ausführliches Telefonat mit ihrer besten Freundin.

Mit dem Glas Rotwein in der einen und dem Handy in der anderen Hand lässt sie sich entspannt auf der Couch nieder.

»*Moin moin* nach Husum«, lästert Alex zur Begrüßung.

»Jaja, mach dich nur lustig. Zieh du mal hierher, dann redest du auch so.«

»Nee, mich kriegst du aus Berlin nicht raus, keine Chance.«

»Dachte ich auch mal. Aber jetzt will ich hier nicht mehr weg. Nicht mal an Tagen wie heute.«

»Was war denn?«, hakt Alex neugierig nach.

»Insgesamt ein trauriger Tag. Anyanas Mutter ist angekommen. Sie kann einem echt leidtun.«

»Habt ihr wenigstens die Schwester gefunden?«

»Nee. Die ist schon vor vier Jahren auf und davon. Letztes Lebenszeichen: New York.«

»Wäre das nicht die Gelegenheit, deinen Grummelchef von einer netten Dienstreise nach Übersee zu überzeugen?«, blödelt Alex.

»Mein Grummelchef ist dank eines Tages im Freien zur dauerniesenden Bazillenschleuder mutiert. Ich wusste gar nicht, dass es Menschen gibt, die beim Niesen mehr Lärm machen als 'ne Schiffsglocke. Aber lass uns von etwas anderem reden. Hast du eigentlich noch Kontakt zu Christian, diesem Streetworker, mit dem du letztes Jahr diese On-off-Geschichte am Laufen hattest?«

»Hin und wieder.« Alex kichert.

»Also immer noch on-off?«

»Derzeit mehr off, aber das liegt daran, dass ich meine Samstagabende telefonierend mit meiner Freundin verbringe . . .«

»Schon verstanden. Ich bin schlecht für dein Sexleben.«

»Der Tod.«

»Tja. Wegen Christian – kannst du ihn etwas bitten, ohne dass er es an die große Glocke hängt?«

»Du meinst, in geheimer Mission?«

»Quasi. Task eins wäre eine Silke Braun aufzuspüren, die an einem Methadon-Programm teilnimmt. Task zwei wäre dann ihr Gesicht mit dem der vermissten Kirsten Moll abzugleichen.«

»Ist nicht dein Ernst!«

»Oh doch. Wir haben einen anonymen Hinweis, dass sie in Berlin untergetaucht ist und die Identität einer Freundin nutzt. Und bevor wir die zermürbten Eltern alarmieren . . .«

»Alles klar, ich werde telefonieren. Aber dann könnte es sein, dass ich morgen Abend keine Zeit für ein Pläuschchen habe.«

»Das ist voll okay. Morgen ist Sonntag. Da hat Taako etwas Romantisches für uns geplant. Ich fürchte, er entwickelt tiefere Gefühle. Er hat sogar Vogel-Silhouetten besorgt . . .«

»Das muss wahre Liebe sein«, spöttelt Alex.

»Meinst du, ich soll mich drauf einlassen? Gefühlsmäßig meine ich.«

»Würdest du denn gerne?«

»Schon, aber gleichzeitig hab ich Angst, dass dann wieder alles kaputtgeht. So wie jedes Mal, wenn ich mich verliebt habe.«

»Augen zu und durch«, rät Alex. »Mut kann man sich nicht kaufen.«

*Manchmal glaube ich es nicht,
doch dann erlebe ich es*

Helm von Bingen, 17. Jh.

SONNTAG

38

Sophie liebt es, ihren Kaffee morgens auf der sonnigen Terrasse zu genießen. Otello streckt sich zu ihren Füßen und schnurrt.

Sie krault ihm den Kopf.

»Wir beide lieben die Sonntage, nicht wahr? Und je sonniger, desto besser.«

Sie steckt ihm ein kleines Katzenleckerli zu und er kaut genüsslich.

»Nur ein klitzekleiner beruflicher Hausbesuch, mein Schnuffelchen, dann bin ich wieder da.«

***

Die Villa der Familie Scheper sieht im morgendlichen Sonnenschein geradezu idyllisch aus.

Auf ihr Läuten hin wird die Gartentür geöffnet und eine elegante Frau mit langen blonden Haaren, der man ihre Schwangerschaft bereits deutlich ansieht, öffnet die

Haustür und blickt ihr freundlich entgegen.

»Frau Maren Scheper?«

»Ja.«

»Ich bin Oberkommissarin Meerkatz von der Kripo Husum. Wir ermitteln im Mordfall Anyana Mitai.«

»Mitai?« Sie denkt einen Moment nach. »Wir hatten mal ein Au-pair-Mädchen, das genauso hieß. Estera Mitai.«

»Richtig. Das ist die ältere Schwester. Deshalb bin ich hier.«

»Oh mein Gott, wie schrecklich! Die arme Estera. Weiß sie es schon?«

»Wenn, dann bloß aus dem Fernsehen. Wir konnten sie bis jetzt nicht finden.«

»Ach, das ist aber traurig. Wollen Sie nicht hereinkommen? Auf einen Tee? Mein Mann und ich sitzen gerade beim Brunch.«

»Sehr gern.«

Der riesige Wintergarten, in den sie nun geführt wird, ist eine traumhafte Grünoase. Chinesische Fächerpalmen, Olivenbäume und große Oleanderbüsche sorgen für südliches Flair. Die riesige Glasfront gibt den Blick auf den Pool frei.

Der leger gekleidete Hausherr, der mit Kaffee und Zeitung in einem bequem gepolsterten Stuhl sitzt, erhebt sich zur Begrüßung.

»Ein Gast, wie nett. Mit wem haben wir das Vergnügen?«

»Oberkommissarin Meerkatz von der Kripo Husum«, stellt Sophie sich vor.

»Sehr erfreut.« Er reicht ihr charmant die Hand. »Konstantin Scheper. Wie können wir Ihnen behilflich sein?«

»Wir ermitteln im Mordfall Anyana Mitai . . .«

»Stell dir vor, Konstantin, das tote Mädchen aus dem Wald ist Esteras Schwester!«, unterbricht seine Frau sichtlich erregt.

»Estera, Estera . . .?« Er runzelt die Stirn. »Ach, das Au-pair-Mädchen, das wir hatten, als Ida zur Welt kam?«

»Richtig.« Maren Scheper wendet sich wieder Sophie zu. »Nehmen Sie doch bitte Platz.

»Tea, Lady?«

Wie aus dem Nichts steht Chloe plötzlich neben ihr.

»Gern«, erwidert Sophie überrascht.

»Estera kam vor sechs Jahren zu uns«, erzählt Maren. »Damals war ich schwanger, aber ich verlor das Kind schon im zweiten Monat. Estera blieb bei uns und half mir durch diese schwierige Zeit. Zum Glück hat es bald wieder geklappt und wir bekamen Ida.« Sie lächelt und drückt die Hand ihres Mannes. »Wir konnten Estera überreden, ihren Au-pair Aufenthalt zu verlängern. Sie blieb insgesamt zwei Jahre bei uns.«

»Sie haben zwei Kinder, nicht wahr?«

»Ja, Ida – sie ist gerade fünf geworden – und Kai. Er wird demnächst drei.« Sie streicht sich über den Bauch. »Und bald sind wir zu fünft.«

»Wo sind Ihre Kinder jetzt?«

»Sonntag Vormittag gehen sie immer mit Tereza in den Park. So haben wir ein bisschen Ruhe für uns. Den Nachmittag verbringen wir dann gemeinsam als Familie, heute haben wir einen Ausflug in den Westküstenpark und ins Robbarium geplant.«

Sophie schiebt nun ein ausgedrucktes Foto von Anyana über den Tisch.

»Das ist Esteras Schwester.«

Maren Scheper beugt sich interessiert über das Bild, auch ihr Mann sieht es sich genau an.

»Wir denken, dass sie vielleicht hier war. Um nach

ihrer Schwester zu fragen«, erklärt Sophie.

Beide schütteln den Kopf.

»Tut mir leid, ich habe sie nicht gesehen«, sagt Herr Scheper.

»Ich auch nicht«, pflichtet ihm seine Frau bei.

»Sind Sie sicher? Sie haben sie noch nie gesehen?«

»Nein, da können wir Ihnen leider nicht helfen«, meint er bestimmt.

»Estera ist auch schon seit vier Jahren nicht mehr da«, setzt seine Frau hinzu. »Danach hatten wir Maria, dann Joëlle, und nun haben wir Tereza. Sie ist ein Engel. Die Kinder sind ganz verrückt nach ihr.«

»Wissen Sie, warum Estera den Kontakt zu ihrer Familie abgebrochen hat?«

»Hat Sie das?«, gibt Maren Scheper die Frage zurück. »Das ist mir neu. Als sie noch bei uns war, hat sie immer wieder Päckchen und Geld nach Hause geschickt.«

»Wie war das, als Estera wegging? Haben Sie ihr bei der Abreise geholfen?«

»Natürlich. Normalerweise bucht die Agentur für die Mädchen den Rückflug in die Heimat und wir bezahlen ihn, aber Estera wollte nicht nach Rumänien zurück. Sie wollte die Welt kennenlernen und sie hatte fleißig dafür gespart.«

»Auf einem Konto?«

»Nein, in bar. Estera wollte immer alles in bar. Den Flug nach New York haben wir übernommen, das war unser Abschiedsgeschenk an sie.« Maren steht auf und geht zu einer hübschen Kommode aus Bambus hinüber. Mit einer orangefarbenen Mappe, auf der Orchideen prangen, kehrt sie wieder zurück.

»Hier sind alle Unterlagen von Estera, die wir noch haben.«

Sophie blättert sie durch. Von den Bewerbungsunterlagen über diverse Zwischenberichte an die Agentur Winter bis zur Vertragsbeendigung zwei Jahre später ist alles dabei. Sogar ein Beleg über die Buchung des Fluges nach New York findet sich in den Unterlagen.

»Mein Mann hat sie persönlich zum Flughafen gefahren. Nicht wahr, Schatz?«

Konstantin Scheper nickt.

»Ich kann mich erinnern. Sie hatte gebummelt und dann wurde es knapp. Hat mir ein Knöllchen eingebracht. Aber ihren Flug hat sie erwischt.«

»Haben Sie jemals wieder etwas von ihr gehört?«, will Sophie wissen.

»Aber ja. Sie hat uns eine Karte aus New York geschickt, ist die nicht dabei?«

»Richtig, hier ist sie.« Sophie betrachtet die Ansichtskarte, die in einer transparenten Prospekthülle steckt. Wieder ein Motiv mit Freiheitsstatue. *Danke für die schöne Zeit und danke für den Flug hierher. Ich bin sehr glücklich hier. Estera*

»Darf ich die Mappe mitnehmen oder kopieren? Wir müssen Estera Mitai wirklich dringend finden.«

»Das verstehen wir. Sie können sie mitnehmen und so lange behalten wie nötig.« Konstantin Scheper nickt ihr freundlich zu. »Wir sind froh, wenn wir helfen können.«

Die junge Filipina mit dem sanften Lächeln auf den Lippen erscheint beinahe lautlos.

»Do you want something more, Sir? Lady?«

»No thanks, Chloe, we are fine«, erwidert Herr Scheper freundlich und wendet sich wieder Sophie zu. »Mit Chloe und Tereza haben Sie schon gesprochen, nicht wahr?«

»Ja.« Sophie nickt. »Leider hat niemand Anyana gesehen.«

Sie steht auf und überreicht ihre Karte zum Abschied. »Falls Ihnen noch etwas einfällt, rufen Sie mich bitte an.«

»Selbstverständlich. Es hat mich sehr gefreut. Ich bringe Sie hinaus.«

Er erhebt sich ebenfalls und lässt ihr mit einer höflichen Geste den Vortritt.

39

»Ist es nicht wunderschön hier?«

Taako köpft eine edle Flasche Sekt und schenkt zwei Sektflöten aus Kunststoff voll. Er hat einiges in dieses Picknick investiert, sein Korb ist riesig und gut gefüllt. Der Strandkorb, den er gemietet hat, könnte nicht besser gelegen sein. Nur wenige Meter vom Meer entfernt bietet er eine Traumaussicht. Sogar der Wind sympathisiert mit seinen romantischen Absichten und bläst nicht ganz so heftig wie sonst.

»Ja, das ist es.« Sophie nimmt entspannt ihr Sektglas entgegen.

»Möchtest du das je wieder missen?«

»Sehr ungern.« Sie lacht und küsst ihn innig. Es stimmt, die raue Nordsee ist ihr ans Herz gewachsen. Genauso wie die Menschen hier. Nichts davon möchte sie je wieder missen. »Und dich auch nicht.« Sie gibt ihm einen verliebten Nasenstüber.

»Das ist aber schön. Weil ich möchte dich . . .«

Er hält irritiert inne, weil ein aufdringliches Möwengeschrei genau neben ihm losgeht. Sophie murmelt eine Entschuldigung und nimmt ihr Handy aus der Handtasche.

»Moin Alex«, sagt sie nach einem Blick aufs Display.

»Hi meine Liebe, Christian – der Streetworker – hat mich soeben angerufen. Er ist der Sache gleich heute früh nachgegangen und hat besagte Silke Braun an ihrer Meldeadresse aufgesucht. Sie hat zwar schwarze Haare und nicht blonde und sie sieht auch älter und irgendwie verbrauchter aus, nun ja, das Methadon-Programm hinterlässt seine Spuren, und das Leben davor vielleicht sogar noch mehr ... jedenfalls langer Rede kurzer Sinn, er denkt, sie ist es.«

»Wow. Das sind Mega-Nachrichten. Hat er sie darauf angesprochen?«

»Nein. Er hat sich nichts anmerken lassen, wäre aber bereit, mit ihr ein Gespräch zu führen.«

»Danke. Wir müssen unser weiteres Vorgehen erst noch abstimmen.«

»Gern. Was macht dein Mordfall?«

»Da steck ich fest. Wie im Schlick. Keiner weiß was, keiner hat was gesehen.«

»Der Schlick der heilen Welt, sozusagen. Auch eine Art von Morast.« Alex lacht. »Lass dir davon nicht den Tag verderben!«

Nach dem Telefonat mit ihrer Freundin entschuldigt sich Sophie ein weiteres Mal bei Taako. »Jetzt muss ich noch den Rüden anrufen – der wird aus den Latschen kippen bei diesen Neuigkeiten!«

Taako grinst und füttert sie mit Weintrauben, während sie darauf wartet, dass ihr Chef abhebt.

Nach dem elften Läuten ist es endlich so weit.

»Ja?«, knurrt er ungehalten ins Telefon, »was gibts?«

»'Ne lebende kleine Moll.«

»Was?«

Sophie fasst nun die Informationen aus Berlin zusammen.

»Arg«, meint Thomsen verblüfft. »Die wollte einfach nicht gefunden werden?«

»Scheint so.«

»Was es nicht alles gibt. Du hast doch sicher noch Kontakte nach Berlin. Fällt dir jemand ein, der das gute Kind sofort einvernehmen würde, bevor sie uns wieder entwischt?«

»Das gute Kind ist mittlerweile erwachsen, aber ja. Da wüsste ich schon jemanden. Ruf Hauptkommissar Dietmar Seibert an, der hat ein paar fähige Leute an der Hand.«

»In Ordnung«, brummt Thomsen, »anschließend werde ich noch mit den Eltern Kontakt aufnehmen. Sonst irgendwas Neues?«

»Nee. Ich habe heute Vormittag mit der Familie gesprochen, wo Estera zwei Jahre lang gelebt hat. Die waren sehr freundlich und auch sehr hilfsbereit, aber wo sie jetzt ist, wissen sie auch nicht. Nun ja, kein Wunder, ist immerhin vier Jahre her, dass Estera dort war. Und Anyana haben sie nicht gesehen.«

»Man kann nicht immer Glück haben«, meint Thomsen, als plötzlich ein Rumpeln zu hören ist, wie wenn ihm das Handy aus der Hand gefallen wäre.

»Rüde?«

»Er ist schnell mal auf Toilette geflitzt«, antwortet Maike an seiner Stelle und kichert.

»Was ist mit ihm?«

»Zu viele Cremetorten gestern. Seit heute Morgen hat er Dünnpfiff.«

»Mann, der lässt aber auch gar nichts aus.« Sophie stimmt in das Kichern mit ein.

»So sind sie, die Prinzen«, prustet Maike. »Kaum bessert's sichs vorne, geht's hinten los.«

»Oh Mann, genau so hab ich mir unser romantisches Date vorgestellt«, lacht Taako, nachdem Sophie aufgelegt hat. »Wir reden über den Stuhlgang deines Chefs.«
»Du hast alles mitgehört?«
»Jedes Wort.«
»Schlimm. Was kann ich zu meiner Verteidigung vorbringen?«
»Nichts. Ich finde es sehr sexy, dass du bei all deinen Vorzügen auch Defizite hast.«
»Hey«, sie stupst ihn. »Welche Defizite hab ich denn?«
»Oh, da fallen mir unzählige ein.« Er lacht. »Beginnen wir beim Tierschutz . . .«
»Oh nein, erinnere mich bloß nicht an die armen kleinen Vögel, schenk mir lieber mein Glas noch mal voll«, unterbricht sie sofort.
Taako küsst sie.
»Sooft du willst. Warst du schon mal barfuß im Schlick?« Er deutet auf einige Personen, die mit hochgekrempelten Hosen durch das Watt waten.
Sophie verzieht das Gesicht.
»Blieb mir bisher erspart.«
»Da hast du was verpasst. Los, zieh deine Schuhe aus.«

Der Blick vom Meer ans Ufer eröffnet neue Perspektiven. So hat sie ihre Wahlheimat noch nie wahrgenommen. Der grüne Deich mit den unzähligen weißen Schafen zieht eine scharfe Grenze zum strahlend blauen Himmel. Als ob die Welt dort endet. Alle Häuser, Straßen und Menschen, die sich dahinter befinden, sind nun ausgeblendet. Wenn sie das bloß auch mit ihren Gedanken machen könnte – auf dieser Seite des Deichs alles loslassen, was sie rund um die Uhr beschäftigt. Voll und ganz ins Hier und Jetzt mit Taako eintauchen. Denn obwohl sie es genießt, dass er ihr händchenhaltend die schwimmenden und krabbelnden Wattbewohner näherbringt, ist sie ganz und gar nicht bei der Sache.

»... und dann gräbt er sich immer tiefer und tiefer ein, bis er im südpazifischen Ozean wieder hochkommt«, erzählt ihr Liebster gerade.

»Wow!« Automatisch setzt sie ein beeindrucktes Lächeln auf.

»Mann, Sophie! Wo bist du bloß mit deinen Gedanken? Wir reden hier von einem Krebs.« Taako schüttet sich aus vor Lachen.

»Sorry...«

»Du musst dich nicht entschuldigen. Wenn dich etwas so sehr beschäftigt, dass du dich auf nichts anderes konzentrieren kannst, dann reden wir doch darüber.«

»Echt?«

»Ja. Spuck's aus. Was ist los?«

»Dieser Fall. Ich denke, dass ich etwas übersehe.«

»Warum denkst du das?«

»Nur so ein Gefühl. Irgendwie. Im Hinterkopf. Als ob ich etwas nicht richtig verknüpft hätte.«

Taako drückt ihre Hand. »Ich glaube an das Unterbewusstsein. Wirklich. Im Ernstfall verlasse ich mich darauf. Ich höre auf mein Bauchgefühl, wenn ich vor der Entscheidung stehe, ob ich in ein brennendes Haus hineingehe oder nicht. Und ich lebe noch.«

»Sehr zu meiner Freude. Ich habe auch immer ein gutes Gespür, aber bei diesem Fall, ich weiß nicht... zum Beispiel Ben Grütken: Der hätte wunderbar als Täter gepasst. Ein Freak, der bei den Frauen nicht ankommt und sie deshalb mit gratis Schlafmöglichkeiten in seine Wohnung lockt.«

»Warum kann er es nicht gewesen sein?«

»Er hatte über die Couchsurfing-Website und über sein Handy Kontakt mit Anyana. Da ist es logisch, dass die Polizei irgendwann bei ihm nachfragen kommt, wenn ihre Leiche gefunden wird – trotzdem war seine Wohnung wochenlang nicht geputzt. Als ob er nicht das Geringste zu verstecken hätte. Und dann lässt er sogar ihr Handy unter seinem Wohnzimmertisch stecken.«

»Der Fehler ist ihm eben passiert.«

»Und die Verletzungen? Der Gerichtsmediziner sagt, sie wurde schwer verletzt. Der Unterarm war nicht nur gebrochen, sondern die gebrochenen Knochen hatten sich ineinander verschoben, auch bei den Rippenbrüchen stachen Knochen ins Gewebe. Sie hat damit aber noch Tage gelebt, vielleicht sogar eine Woche. Wo war sie da? Eingesperrt in Grütkens Wohnung, wo man jedes Wort durch die Wände hört? Warum haben die Nachbarn nichts bemerkt? Hätte sie nicht um Hilfe geschrien, oder sich sonst wie bemerkbar gemacht?«

»Vielleicht war sie gefesselt und geknebelt?«

»Über eine so lange Zeit? Da hätte die SpuSi etwas finden müssen. Sabber vom Knebel, vielleicht Blut von den Fesseln, Urin. Aber da war nichts. Was Ben wirklich entlastet, ist der Umstand, dass seine Wohnung seit Wochen nicht geputzt war und Anyana keine Körperflüssigkeiten hinterlassen hat. Es wurden bloß Hautschuppen und Haare von ihr gefunden, in einem Ausmaß, wie man so was eben verliert, wenn man wo übernachtet.«

»Also hat die SpuSi seine Aussagen voll und ganz bestätigt?«

»Ja.«

»Und trotzdem sagt dein Bauchgefühl dir etwas anderes?«

»Ja. Nein. Ich weiß nicht. Sie war in dieser Wohnung nicht gefangen, davon bin ich überzeugt. Und Ben hat keine andere Behausung. Er kommt mit seinem Geld gerade mal so über die Runden und es gibt null Hinweise, dass er irgendwo etwas anderes gemietet hätte.«

»Der Täter hat sie also tagelang gefangen gehalten, ohne dass sie jemand gehört hat«, wiederholt Taako nachdenklich.

»Ja, genau. Und um diesen Punkt drehen sich alle meine wirren Theorien. Sie könnte überall nach ihrer Schwester gefragt haben, und irgendwer, den sie angesprochen hat, hat das ausgenutzt. Hat sie in seine Wohnung oder sein Haus gelockt, weil sie eine leichte Beute war, die so schnell niemand vermisst. Vor lauter verrückten Theorien komme ich zu keinem klaren Gedanken mehr.«

»Was weißt du denn mit Sicherheit?«

»Dass sie mit dem Zug kam, und in Bens Wohnung übernachtete. Und dass sie ihre Schwester finden wollte. Das sagte nicht nur Ben, sondern auch ihre Mutter. Und das belegt auch die Korrespondenz, die wir in ihrem Handy sichergestellt haben.«

Mit einem Mal verharrt Sophie mitten in ihrer Bewegung.

»Es tut mir leid, ich muss noch mal los. Ich wurde belogen, und ich weiß jetzt von wem. Ach verdammt, das wird dem Rüden nicht gefallen!«

40

Das Mädchen mit den langen braunen Haaren und den großen dunklen Augen, das ihr die Tür öffnet, lächelt freundlich.

»Moin Frau Kommissarin, Herr und Frau Scheper sind nicht da. Sie sind mit den Kindern in den Westküstenpark gefahren.«

»Ich weiß.« Sophie erwidert das Lächeln. »Wo ist Chloe?«

»Auf ihrem Zimmer.«

»Hol sie bitte her.«

»Warum?« Ein unsicheres Flackern schleicht sich in Terezas Augen.

»Tu es einfach.«

»Okay.«

Sophie wartet an der offenen Haustür, bis die jungen Frauen vor ihr stehen. Sie hat sich bewusst dafür entschieden, sie zu duzen, um den Druck auf die beiden zu erhöhen.

»Ihr kommt jetzt mit mir mit auf die Polizeiinspektion.«

»Warum?« In Terezas Augen blitzt Panik auf. Auch Chloe wird unruhig.

Doch Sophie lässt keine weiteren Diskussionen zu. Sie deutet auf ein Polizeiauto, vor dem zwei Beamte warten.
»Los, ihr beiden. Einsteigen bitte.«

***

Als sie Tereza Lazar in dem fensterlosen Vernehmungsraum gegenübersitzt, ist die junge Frau bereits in Tränen aufgelöst.
»Ich habe nichts getan. Ich schwöre. Bitte lassen Sie mich gehen.«
»Du hast mich belogen. Und in einer Mordermittlung ist das schwerwiegend. Chloe hat uns soeben erzählt, dass Anyana da war, um nach ihrer Schwester zu fragen. Warum hast du das verschwiegen?«
Tereza wischt sich über die Nase.
»Ich wollte doch bloß keine Schwierigkeiten bekommen. Ich mag meinen Job. Ida und Kai sind wirklich liebe Kinder . . .«
»Ich frage dich jetzt noch einmal«, unterbricht Sophie, »hast du Anyana gesehen?«
»Ja, okay, sie war da. Sie kam an die Haustür und fragte nach Estera.«
»Wann?«
»Vor vier Wochen ungefähr.«
»Und dann?«
»Nichts weiter. Ich sagte ihr, ich kenne keine Estera, was ja auch stimmt. Dann fragte sie nach Herrn und Frau Scheper. Ich sagte, die wären nicht da, was auch stimmte.«
»Und weiter?«
»Nichts weiter, sie ging wieder.«

»Und kam sie wieder?«

Plötzlich beginnt Tereza hemmungslos zu schluchzen. Es dauert eine Weile, bis sie wieder fähig ist, sich zu artikulieren.

»Ich hab sie nicht wieder gesehen, und ich dachte, sie wäre einfach nicht wieder gekommen, aber . . .«

»Aber was?«, hakt Sophie nach, weil ihre Gesprächspartnerin neuerlich verstummt.

»Gestern hat Kai seine Trinkflasche geworfen und die Tür zum Kellerabgang stand offen, und da ist sie hinuntergekullert.«

»In den Keller?«

»Ja. Herr Scheper hat dort einen Weinkeller und einen Fitnessraum. Die Kinder und ich, wir dürfen da nicht hinunter, bloß Chloe zum Saubermachen . . .«

»Okay, und?«

»Ich ging natürlich trotzdem hinunter, weil ich Kais Fläschchen holen musste. Das Ding war unter ein Kästchen gerollt, und als ich es hervorfischte . . . da fand ich das Kettchen.«

»Welches Kettchen?«

»Das goldene mit dem Medaillon von der Mutter Maria, das Anyana getragen hatte.«

»Das hast du gefunden?«

»Ja, es lag dort. Die Kette ist kaputtgegangen. Sie ist neben dem Verschluss gerissen.«

»Was hast du damit gemacht?«

»Gar nichts. Ich habe sie in meinem Zimmer versteckt. In einer kleinen Dose unter dem Bett.«

»Du hättest mich schon gestern anrufen müssen«, schimpft Sophie.

»Ich weiß. Aber ich hatte solche Angst, dass ich dann meinen Job verliere und nach Rumänien zurückgeschickt werde.«

41

Gegen fünfzehn Uhr platzt Hauptkommissar Rüdiger Thomsen als Letzter in die Runde. Der Rest des Teams ist bereits um den Besprechungstisch versammelt.

»Dass ausgerechnet am Sonntagnachmittag bei diesem Fall die Hölle losbrechen muss!«, schimpft er und stellt ein Tablett mit Tortenstücken auf den Tisch. »Mit lieben Grüßen von der Maike. Die sind von gestern übrig geblieben. Es ist meiner Gesundheit zuträglicher, wenn ihr die esst...«

»Kein Problem.« Jasper greift bereits zu.

»Wir müssen diese Villa auf den Kopf stellen«, kommt Sophie ohne Umschweife auf den Punkt. »Und zwar, bevor die Schepers den Braten riechen.«

»Wo sind die jetzt?«, will Thomsen wissen.

»Mit den Kindern im Westküstenpark in St. Peter-Ording.«

»Sagt das Au-pair-Mädchen?«

»Ja, aber nicht nur. Die Schepers selbst haben mir gestern ebenfalls von ihren Ausflugsplänen erzählt.«

»Und ich soll jetzt einfach mal auf die Schnelle – an einem Sonntagnachmittag – 'ne Hausdurchsuchung auf die Beine stellen?« Die Empörung in Thomsens Stimme ist nicht zu überhören.

»Ja.«

»Bei dem Direktor einer namhaften Versicherung? Mann, Meerkatz, das ist kein Kinderspiel.« Gereizt streicht er sich über seinen Drei-Tage-Bart. »Hat der nicht auch noch eine Funktion in der Industrie- und Handelskammer?«

»Richtig«, gibt Sophie zu.

»Der diensthabende Staatsanwalt wird vor Freude Luftsprünge machen, wenn ich mit diesem Ansinnen vorstellig werde.«

»Tereza Lazar behauptet, Anyanas Goldkettchen liegt in ihrem Zimmer. Das allein muss doch Grund genug sein«, argumentiert Sophie unverdrossen weiter.

»Und wenn es nicht dort liegt und wir auch sonst nichts finden? Dann können wir unsere Karrieren einstampfen. Wir alle. Dieser Scheper dreht uns mit seinen Anwälten durch den Fleischwolf. Das kann ich euch garantieren.« Thomsen kratzt sich nun heftig am Hinterkopf.

»Ich fahr einfach mit dem Kindermädchen hin und gucke nach«, meldet sich Jasper kauend zu Wort. »Wenn das mit dem Kettchen stimmt, treten wir die Hausdurchsuchung los.«

»Das ist keine blöde Idee«, lobt ihn Svenja. »Und alles gut fotografieren und dokumentieren.«

»Klar«, erklärt Jasper und nimmt sich noch ein Stück Torte als Wegzehrung. »Ist ja nicht mein erster Einsatz.«

»Okay.« Thomsen nickt und niest wie zur Bekräftigung. »Dann informiere ich schon mal den Staatsanwalt.«

In der kleinen Personalküche schenkt Svenja drei Tassen mit Kaffee voll.

»Wie hast du diese Tereza plötzlich zum Reden gebracht?«, will sie von Sophie wissen.

»Mit einem simplen Bluff. Ich hab ihr erzählt, die andere, Chloe, hätte mir bereits erzählt, dass Anyana da war.«

»Und sie hat es dir geglaubt?«

»Ja, weil Anyana eben tatsächlich da war.«

»Unglaublich.« Svenja blickt ihre ältere Kollegin bewundernd an. »Wie bist du überhaupt drauf gekommen, bei den Mädchen noch mal nachzuhaken?«

»Anyana wollte ihre Schwester finden, das stand für mich fest. Und sie wusste von den Schepers. In Esteras Briefen stand die Adresse der Familie, also ist es naheliegend, dass Anyana ihre Suche dort beginnen würde. Deshalb muss einer der Hausbewohner gelogen haben, denn irgendjemanden muss sie dort angetroffen haben.«

»Daraufhin hast du dir die beiden Schwächsten der Herde geschnappt und sie gegeneinander ausgespielt. Raffiniert!«

»Nicht nur«, erwidert Sophie. »Ich hab sie auch aus der Schusslinie gebracht.«

»Wie meinst du das jetzt?«

»Ich denke nicht, dass Tereza oder Chloe Anyana brutal verletzt und festgehalten haben.«

»Du denkst an den Hausherrn?«

»Nun ja, ein mächtiger Mann und ein hübsches junges Mädchen, das etwas von ihm wissen will. Vielleicht möchte er eine Belohnung für sein Entgegenkommen? Die verweigert sie, er setzt nach. Sie wehrt sich und plötzlich ist sie verletzt.«

»Also sperrt er sie irgendwo ein, wie beispielsweise in seinem Keller, damit sie ihn nicht wegen sexueller Belästigung anzeigen kann?«

»Oder sogar wegen Vergewaltigung – wir wissen nicht genau, was ihr alles angetan wurde – aber für schwere Körperverletzung hätte es bei den Brüchen, die sie erlitten hat, jedenfalls gereicht.«

»Und du denkst wirklich, dieser Scheper schließt ein verletztes Mädchen in seinem Keller weg und lebt nur eine Etage drüber mit Frau und Kindern sein heiles Familienleben weiter?« Svenjas Augen sind nun groß und kugelrund. »Dann wäre der echt der volle Psycho.«

»Denkbar ist es«, beharrt Sophie. »Die Möglichkeit dazu hatte er jedenfalls.«

»Und seine Frau hat keinen Zugang zum Keller?«

»Keine Ahnung. Vielleicht geht sie dort nicht hinunter, weil sie die Treppen in der Schwangerschaft zu sehr anstrengen . . . wie auch immer, ich glaube Tereza, dass das Kettchen dort lag und ich bin überzeugt, dass wir in Schepers Keller noch weitere Spuren finden, die beweisen, dass Anyana dort war.«

»Hier, Chef, für dich.« Svenja stellt Thomsen eine Tasse frisch gebrühten Kaffee hin. »Wie hat der Staatsanwalt reagiert?«

»Erfreulicherweise recht gelassen. Sollte Jasper das Kettchen tatsächlich finden, gibt er grünes Licht. Wenn nicht, dann nicht. Ich bring schon mal die Kollegen auf Schiene.« Motiviert greift er zu seinem Diensthandy. Genau in diesem Moment poppt eine neue Nachricht auf. Er klickt sie an und ein Foto von einem goldenen Kettchen erscheint.

»Das ist es«, jubelt Svenja, die mit aufs Display guckt.

»Halleluja.« Thomsen schaut einen Moment lang ungläubig, im nächsten kommt er so richtig in die Gänge. Er stürmt in den Großraum, wo er Sophie vorfindet.

»Dann mal los! Meerkatz, du und Svenja, ihr trennt das

Ehepaar und bringt die Kinder aus der Schusslinie. Nehmt euch dafür ein paar Kollegen mit. Die sollen den feinen Herrn Direktor gleich in unserem Vernehmungsraum festsetzen. In der Zwischenzeit stellen wir dem Kerl seine Luxusbude auf den Kopf.«

42

Auf der Zufahrtsstraße zum Westküstenpark und Robbarium suchen Sophies Augen bereits die entgegenkommenden Fahrzeuge nach einem schwarzen Porsche Cayenne ab, da die Vorbereitungen für den Einsatz doch noch ein wenig Zeit in Anspruch genommen haben und die Familie Scheper bereits wieder auf dem Rückweg sein könnte.

»Hey, sind sie das nicht?« Svenja, die am Steuer sitzt, deutet auf ein gut gekleidetes Paar, das sich mit zwei Kindern vom Ausgangsbereich des Parks wegbewegt.

»Du hast recht. Und dort drüben sehe ich auch den Porsche. Wir nehmen sie bei ihrem Auto in Empfang.«

»Okay, dann Augen zu und durch«, erwidert Svenja und parkt sich so vor dem Porsche ein, dass dieser in jedem Fall am Wegfahren gehindert wird.

Sophie steigt aus und geht der Familie entgegen. Mit dem herzlichsten Lächeln, das sie in ihrem Repertoire hat, wendet sie sich direkt an den Familienvater.

»Moin Herr Scheper. Sie erinnern sich vielleicht an mich. Ich bin Oberkommissarin Meerkatz von der Kripo Husum und ich habe leider eine schlechte Nachricht für Sie. Es betrifft Ihr Au-pair-Mädchen, Tereza Lazar.

Können wir kurz unter vier Augen sprechen?«, fragt sie so charmant wie möglich und mit einem Seitenblick auf die Kinder.

Sein Blick verfinstert sich sofort.

»Das ist jetzt kein guter Zeitpunkt. Unsere Kinder sind hungrig. Es ist besser, Sie kommen morgen früh wieder.«

»Das ist leider keine Option, die Sache mit Ihrem Aupair-Mädchen ist sehr ernst. Der Kriminaldirektor hat darauf bestanden, dass wir Sie sofort informieren.« Sie deutet auf einen Streifenwagen, der in der Nähe parkt. »Ich entschuldige mich für die Unannehmlichkeiten und wir werden Sie nach dem Gespräch sofort nach Hause chauffieren.«

»Das kommt jetzt wirklich zur Unzeit, sehen Sie, meine Frau ist hochschwanger und ....«

»Keine Sorge, meine Kollegin wird Ihre Frau bestmöglich unterstützen.« Sophie senkt nun gekonnt die Lautstärke ihrer Stimme, um den Eindruck von Vertraulichkeit zu erwecken. »Glauben Sie mir, das Gespräch mit dem Kriminaldirektor ist in Ihrem Interesse. Schließlich geht es auch um Ihren guten Ruf. Kriminaldirektor Paulsen ist gut mit dem Handelskammerpräsidenten Ebsberg befreundet, das ermöglicht Ihnen, Einfluss auf die Pressemitteilung zu nehmen.«

»Um Himmels willen, was hat das Kindermädchen denn angestellt?«

Sophie zieht nun den letzten Trumpf aus ihrem Ärmel.

»Ich bin nicht befugt, Ihnen das zu sagen, Kriminaldirektor Paulsen möchte das selbst tun.«

Sie wiederholt ihre einladende Bewegung Richtung Fahrzeug. Die uniformierte Kollegin am Steuer steigt aus und öffnet mit einem freundlichen Lächeln die Tür zum Fonds.

»Bitte, Herr Direktor.«

Widerwillig, aber doch, verabschiedet sich Konstantin Scheper von seiner Frau und steigt in den Wagen.

Sophie sieht erleichtert zu, wie sich das Fahrzeug in Bewegung setzt und zieht ihr Handy aus der Tasche.

»Rüde, wir haben ihn. Er ist freiwillig ins Polizeiauto gestiegen. Nachdem ich den Handelskammerpräsidenten und die Pressemitteilung erwähnt habe, hat er angebissen. Seine Frau und die Kinder sind jetzt bei uns in Sicherheit.«

»Ausgezeichnet, Meerkatz. Bring sie her. Das psychosoziale Team habe ich bereits angefordert.«

»Perfekt.«

Sophie legt auf und geht auf Maren Scheper zu, die mit den Kindern im Beisein von Svenja vor dem zugeparkten Porsche wartet. Die trotz ihres Babybauchs elegant gekleidete Frau wirkt bereits in höchsten Maße beunruhigt. Angst spiegelt sich in ihren Augen.

»Frau Scheper, ich muss Ihnen leider eine schlimme Mitteilung machen, können wir ein paar Schritte zur Seite gehen?«, wiederholt Sophie ihr Intro beinahe wortgleich, wieder mit Seitenblick auf die Kinder.

»Was ist denn los?«, fragt Maren Scheper, kaum, dass sie außer Hörweite sind. In ihrer Stimme schwingt nun ein Zittern mit.

»Wir haben Beweise, dass Ihr Au-pair-Mädchen mit dem Mord an Anyana Mitai in Verbindung steht.«

»Oh mein Gott, nein!«

»Doch. Die Beweise sind eindeutig.«

»Aber, das ist doch . . . nein, wie schrecklich!«

»Ja. Wir müssen Sie deshalb bitten mitzukommen, weil wir Ihre Aussage dringend brauchen. Für die Betreuung der Kinder sorgen wir selbstverständlich in einem Nebenraum und anschließend bringen wir Sie nach

Hause.«

»Ach, du meine Güte. Muss das sein?«

»Leider ja.« Sophie lächelt entschuldigend. »Wir sind verpflichtet, Sie zu befragen, aber wir werden versuchen, es so schnell und angenehm wie möglich zu gestalten.«

Als Svenja erkennt, dass Sophie mit Maren Scheper auf das Dienstauto zusteuert, bricht sie das Kieselsteine-Werfen mit den Kindern ab.

»Wer will mal mit einem richtigen Polizeiauto fahren?«

»Iiiiiiich!«, schreien beide und jeder will der Erste sein, der einsteigen darf.

»Robbina fährt auch mit!« Stolz hält Ida ihre Plüschrobbe hoch.

»Pojo auch!« Kai drückt sein Walross fest an sich.

»Pojo?«

»Kai nennt alle seine Stofftiere Pojo«, erklärt Ida oberschlau. »Niemand weiß warum.«

»Pojo Polizeiauto!«, kreischt Kai begeistert. Svenja hilft den beiden auf die Rückbank und setzt sich selbst dazu.

Maren Scheper, die nun ungewöhnlich still ist, nimmt auf dem Beifahrersitz neben Sophie Platz.

»Mir wäre lieber, Sie bringen die Kinder und mich nach Hause«, sagt sie plötzlich.

Doch Sophie schüttelt den Kopf.

»Das geht leider nicht. Ihr Haus muss durchsucht werden.«

Da Sophie in dem Moment ihren Blick auf die Straße richtet, entgeht ihr die Panik, die sich auf Maren Schepers Gesicht ausbreitet.

43

Jasper öffnet seinem Chef und den Kollegen vom Spurensicherungsdienst die Tür. Die zierliche Kette mit dem Medaillon schwenkt er demonstrativ in einem durchsichtigen Beutel.

»Sieht exakt wie jene aus, die Anyana auf den Fotos trägt.«

Tereza steht mit blassem Gesicht und verweinten Augen hinter ihm.

»Du hast das Goldkettchen gefunden?«, spricht Thomsen sie direkt an.

Sie nickt bloß.

»Zeig mir genau wo.«

»Hier ist der Kellerabgang.« Tereza deutet auf eine unscheinbare Tür im Vorraum. »Kai ist in einer Phase, da macht er ständig alle Türen auf. Egal, wie oft ich sie zumache. Und so war das gestern auch. Er hat sie aufgemacht, ich hab geschimpft und er hat sein Trinkfläschchen geworfen. Das ist dann die ganze Treppe runtergekullert.«

Tereza geht nun vor und die Polizeibeamten folgen ihr über die gefliese Treppe. Der Keller wirkt hoch, luftig und modern. Auf einer Seite wird ein großer Fitnessraum sichtbar, daneben eine geräumige Sauna mit Dusche und Ruheraum. Gegenüber befindet sich eine Glastür zu einem edlen Weinkeller, der Thomsen sofort in seinen Bann zieht. Vor allem das außen angebrachte Display, über welches Temperatur und Feuchtigkeit bestimmt werden kann, entlockt ihm ein bewunderndes Brummen.

»Bloß nicht öffnen!«, piepst Tereza. »Dieser Raum ist das Allerheiligste für Herrn Scheper. Niemand darf ihn betreten. Sehen Sie?« Sie deutet auf eine Videokamera, die über der Glastür angebracht ist. »Er kann überprüfen, ob jemand seinen Weinkeller betritt.«

Thomsen erspart es sich, die junge Frau darauf hinzuweisen, dass schon in den nächsten Minuten im allerheiligsten Refugium ihres Arbeitgebers kein Stein, oder exakter kein Wein, auf dem anderen bleiben wird.

»Wo genau lag das Kettchen, als du es gefunden hast?«, will er nun wissen.

»Da.« Sie deutet unter ein kleines Schränkchen, das recht zentral im Vorraum des Kellers steht. »Hier ist Kais Fläschchen druntergerollt, und da lag auch das Kettchen.«

»Wie?«

»Was wie?« Tereza sieht den Hauptkommissar mit großen Augen an.

»Wie lag es da? Hattest du den Eindruck, jemand hat es da versteckt, in der Ecke? Oder im Vorbeigehen unbewusst mit den Füßen drunter gewischt?«

»Eher das, denke ich. Es war nicht schön eingerollt, und auch nicht ganz im Eck, sondern lag geschlängelt, und der Anhänger ist überhaupt rausgerutscht. Den habe ich wieder eingefädelt.«

Thomsen nickt Jochen Rambert, dem Einsatzleiter des Spurensicherungsdienstes, bedächtig zu.

»Die kleine Mitai war also hier. Möglicherweise kam es hier im Vorraum zu den Verletzungen, vielleicht auch in einem der anderen Räume. Auf jeden Fall hat der Keller Priorität – ich trau mich wetten, wir finden hier den Raum, in dem Anyana bis zu ihrem Tod festgehalten wurde.«

***

Sophie ist unglaublich erleichtert, als sie mit Maren Scheper und den Kindern in der Polizeiinspektion ankommen. Svenja hat bereits während der Fahrt telefonisch einen der Besprechungsräume organisiert und auch, dass für die Hochschwangere Tee und Friesenkekse bereitstehen. Eine Kollegin in Uniform, die speziell im Umgang mit Kindern geschult ist, erwartet sie bereits. Sie wendet sich direkt an die Kleinen.

»Ich wette, ihr habt Hunger? Wollt ihr Würstchen oder Pommes? Oder beides? Oder wollen wir mal gucken, ob noch Pudding da ist?«

»Hast du auch Eis?«, will Ida wissen und folgt ihr bereitwillig.

»Ja. Eis, Eis, Eis.« Kai läuft seiner Schwester quietschend hinterher.

Die Ermittlerinnen geleiten Maren Scheper in den Besprechungsraum. Sophie schließt die Tür und bietet ihr einen bequemen Platz an, denn das, was die hochschwangere Mutter nun zu hören bekommen wird, wird ihr ordentlich zusetzen.

Svenja schenkt Tee ein, um die Situation ein wenig zu entspannen.

»Tereza Lazar hat das Goldkettchen, das Anyana Mitai

getragen hat, in Ihrem Keller gefunden«, kommt Sophie ohne Einleitung auf den Punkt.

»Wie bitte?« Marens Augenlider flattern hektisch.

»Sie sagt aber, sie hat Anyana nicht im Haus gesehen.« Sophie schiebt das Foto der zierlichen Rumänin über den Tisch. »Deshalb muss ich Sie nun noch mal fragen: Haben Sie dieses Mädchen in Ihrem Haus gesehen?«

Doch Maren Scheper antwortet nicht. Ihr Blick ist panisch und aus ihrem Gesicht ist jegliche Farbe gewichen.

Sophie setzt nach. »Maren, Schweigen oder Ausflüchte sind sinnlos. Die Spurensicherung ist bereits in Ihrem Haus. Sie durchsuchen jeden Winkel, und mit dem Keller fangen sie an.«

Diese Worte verfehlen ihre Wirkung nicht. Sophie kann sehen, dass sie bei der Schwangeren starke körperliche Reaktionen hervorrufen. Schweißtropfen bilden sich auf Marens Stirn und ihr Blick geht fahrig zwischen den Ermittlerinnen hin und her.

»Trinken Sie Ihren Tee und beruhigen Sie sich. Denken Sie an Ihr Baby. Wir wollen nicht, dass es Schaden nimmt. Soll ich für Sie einen Arzt rufen?«, bietet Svenja an.

Doch Maren schüttelt verneinend den Kopf.

»Nee, es ist bloß . . . ich hab hohen Blutdruck, und wenn ich mich aufrege, dann krieg ich so ein Herzrasen. Und mein Medikament liegt zu Hause. Könnte ich das holen?«

»Mein Kollege kann es Ihnen bringen«, erwidert Sophie. »Wo genau findet er es denn?«

***

»Mann, so einen Weinkeller möchte ich auch mal haben.« Thomsen dreht sich beeindruckt im Kreis. Zwischen gut gefüllten Regalen steht ein dekoratives altes Eichenfass und ein Tisch mit einer dicken schweren Holzplatte, vermutlich ebenfalls Eiche, befindet sich für den sofortigen Genuss gleich daneben.

»Hier könnte ich Stunden verbringen«, schwärmt er begeistert.

»Und wir müssen«, erwidert Jochen Rambert nüchtern. »Wenn du uns nicht aus dem Weg gehst.«

»Ihr beginnt hier?«

»Logisch. Das Allerheiligste des Hausherrn hat wohl höchste Priorität.«

Thomsen tritt zur Seite und stutzt plötzlich.

»Ist das eine Tür? Da, neben dem Weinfass?«

Rambert folgt seinem Blick. »Und ob das eine Tür ist! Mann, da hat aber einer Wert drauf gelegt, dass die nicht auffällt.«

Er versucht, sie mit seinen behandschuhten Händen zu öffnen.

»Und versperrt ist sie auch!«

»Ich rede mal mit dem Scheper«, erklärt Thomsen. »Wenn er vernünftig ist, rückt er die Schlüssel raus – dann müssen wir hier nichts gewaltsam aufbrechen. Ihr könnt mal mit den Spuren im Vorraum beginnen, wo das Kettchen lag. Ich melde mich.«

Auf der Treppe hinauf in die Wohnräume kommt ihm Jasper entgegen. Er hält eine perlenbesetzte Pillendose in der Hand.

»Die schwangere Frau unseres Verdächtigen braucht ihre Medikamente, ich fahr mal ins Büro und bringe sie ihr.«

Thomsen streckt die Hand aus.

»Gib sie mir, ich kann sie mitnehmen, ich muss sowieso mit dem Herrn des Hauses reden.«

***

Sophie guckt überrascht, als ihr Chef plötzlich hereinschneit und ihr eine Pillendose überreicht.
»Ich dachte, du wärst in der Villa?«
»Wir haben eine versperrte Tür im Weinkeller gefunden.« Er blickt nun Maren Scheper interessiert an.
»Sie wissen nicht zufällig, wo die hinführt, oder?«
Marens Gesicht ist nach wie vor blass. Sie antwortet nicht auf Thomsens Frage, sondern streckt bloß die Hand nach der kleinen Dose aus – wie eine Ertrinkende nach dem Rettungsring.
Svenja macht sich Sorgen um ihren Zustand.
»Ich ruf jetzt doch lieber 'nen Arzt«, murmelt sie und verlässt den Raum.
Maren nimmt eine Pille aus ihrer Pillendose, steckt sie in den Mund und setzt die Teetasse an die Lippen.
»Frau Scheper, wohin führt diese Tür?«, versucht Thomsen es ein zweites Mal.
Marens hellblaue Augen, die in Tränen schwimmen, starren durch ihn hindurch.
»Ich weiß nicht . . .«, flüstert sie.
Thomsen zieht die Augenbrauen hoch und blickt kopfschüttelnd zu Sophie hinüber.
»Dass uns die Ehefrauen von Verdächtigen immer weismachen wollen, sie würden von nichts eine Ahnung haben. Kannst du dir vorstellen, von einem Raum in deinem eigenen Haus nichts zu wissen? Das ist doch

absurd!«, schimpft er und wendet sich wieder zum Gehen. »Mal sehen, was ihrem Ehemann dazu einfällt.«

***

Wie er kurz darauf im persönlichen Gespräch mit dem Verdächtigen feststellen muss: Gar nichts.

Konstantin Scheper ist, nachdem ihm klar wurde, dass kein Kriminaldirektor auf ihn wartet und auch niemand Interesse hat, einen Pressetext mit ihm abzustimmen, komplett verstummt. Seit er seinen Anwalt kontaktiert hat, weil man ihn hier ungerechtfertigt festhält, wartet er verschlossen wie eine Auster auf dessen Eintreffen.

»Herr Scheper, wohin führt diese Tür?«, fragt Thomsen nun schon zum dritten Mal. Auch diesmal wieder ohne Erfolg.

»Das ist Ihre letzte Gelegenheit, mir den Schlüssel auszuhändigen oder mir mitzuteilen, wo wir ihn finden. Ansonsten brechen wir die Tür auf. Wir werden nicht länger warten, wir gehen dort rein. So oder so.«

Scheper springt nun wutentbrannt auf. »Das tun Sie nicht! Das ist mein Eigentum, und ich bin ein unbescholtener Bürger, der sich noch nie etwas zuschulden kommen hat lassen. Dafür werden Sie bezahlen! Das kostet Sie Ihre Karriere! Mein Anwalt macht Ihnen das Leben zu Hölle.«

Hauptkommissar Thomsen hat Drohungen immer schon schlecht vertragen, weswegen er nun geradezu genüsslich sein Diensthandy aus der Hosentasche zieht und Ramberts Nummer wählt.

»Brecht diese Tür auf. Sofort. Ich bin bereits wieder auf dem Weg zu euch.«

Mit einem Lächeln auf den Lippen entfernt er sich wieder aus dem Vernehmungsraum. Den tobenden Versicherungsdirektor lässt er in der Obhut eines uniformierten Kollegen zurück.

***

Sophie hat eine Menge Fragen, die sie Maren Scheper stellen möchte. Äußerlich ruhig, wartet sie innerlich ungeduldig darauf, dass die Schwangere sich endlich beruhigt.

Doch diese Pillen waren vielleicht ein Fehler. Maren wirkt nun extrem müde, sie rutscht in ihrem Stuhl immer weiter hinunter.

»Verflucht, was hat sie genommen?«, schreit Sophie, als der Kopf der Schwangeren zur Seite kippt. Sie springt auf, nimmt Marens Arm und fühlt ihren Puls. Da ist so gut wie nichts.

Sie legt ihre Finger an die Halsschlagader. Hier ist auch kaum noch etwas zu spüren. *Verdammt, verdammt, verdammt!*

»Svenja, wo bleibt der Arzt?«

»Der müsste längst hier sein.«

Svenja, nun ebenfalls zutiefst beunruhigt, stürmt auf den Gang. Ein junger Mann mit Arztkoffer steigt gerade aus dem Fahrstuhl.

»Hierher!«, ruft sie erleichtert und winkt ihn heran.

»Ich bin Dr. Julke«, erklärt er und reicht ihr die Hand.

»Beeilen Sie sich!« Svenja lotst ihn hektisch in den Vernehmungsraum.

»Was ist passiert?«, will er wissen, als er die Schwangere leblos in ihrem Stuhl hängen sieht.

»Ich weiß nicht...«, beginnt Sophie.

Doch der Arzt unterbricht sie gleich wieder. »Helfen Sie mir, sie auf den Boden zu legen, und rufen Sie sofort einen Krankenwagen! Die Situation ist ernst.«

Während Sophie neben dem Arzt am Boden kniet und seinen Anweisungen folgt, telefoniert Svenja nach dem Krankenwagen.

»Das Herz versagt«, murmelt Dr. Julke, während er die Patientin hektisch entkleidet.

»Was ist das?«, fragt er plötzlich erstaunt. »Eine Bauchattrappe?«

»Äh...« Sophie fehlen die Worte, als sie sieht, was der Arzt mit dem Öffnen der Bluse enthüllt hat. Anstelle eines echten Babybauchs trägt Maren Scheper eine Kunststoffwölbung, die sie um ihre Mitte geschnallt hat.

Der Arzt verabreicht ihr eine Injektion.

»Dann ist sie also nicht schwanger?«, fragt Sophie verdattert.

»Offensichtlich. Trotzdem, ihr Zustand ist kritisch.«

»Der Krankenwagen ist unterwegs«, meldet Svenja nach Beendigung ihres Telefonats und verstummt dann fassungslos, als sie das gewölbte Plastikteil neben Marens flachem Bauch liegen sieht.

»Ich hoffe, er kommt noch rechtzeitig«, murmelt Dr. Julke, während er den Defibrillator aus dem Arztkoffer nimmt.

44

Der hinzugezogene Schlosser hat soeben die gut verriegelte Tür geöffnet, als Thomsen wieder im Kellergeschoss eintrifft.

»Hier ist nichts«, meint Rambert ein wenig enttäuscht, als er den kleinen Raum dahinter betritt. »Außer diesem Monitor an der Wand. Der ist offenbar mit der Videokamera verbunden, die den Bereich vor dem Weinkeller filmt. Und mit einer zweiten Kamera, die den Weinkeller selbst überwacht. Wozu das gut sein soll . . .?«

»Vergiss nicht diese weitere Tür«, ergänzt Thomsen, der sich ebenfalls in den kleinen Raum hineingeschoben hat und nun auf die gegenüberliegende Wand deutet.

»Richtig«, murrt Jochen. »Die sollten wir auch noch öffnen.«

»Unbedingt«, stimmt Thomsen zu und winkt den Schlosser nochmals heran.

»Mann, das ist ja das reinste Fort Knox hier«, staunt der Fachmann. »Was auch immer dieser Typ verbergen will, er hat es richtig gut gesichert.«

Thomsens Handy beginnt zu läuten, und er zieht sich ins Erdgeschoss zurück, wo der Empfang deutlich besser ist.

Es ist Svenja, die ihm so aufgeregt berichtet, dass er kaum ein Wort versteht.

»Noch mal von vorne, langsam und deutlich«, verlangt er.

»Maren Scheper hat eine Art Kreislaufstillstand. Die Rettung hat sie mitgenommen«, bringt Svenja nun klar und deutlich heraus.

»Das ist sehr bedauerlich«, meint Thomsen. »Ich melde mich später noch mal, bei uns hier in der Villa ist es gerade richtig spannend.«

»Warte, Chef, da ist noch etwas, das ich dir unbedingt sagen muss. Sie ist gar nicht schwanger. Sie hatte sich bloß einen Fakebauch umgeschnallt.«

»Einen Fakebauch?«

»Ja, 'ne Attrappe.«

»Wozu das denn?«

»Keine Ahnung.«

»RÜDE!!!«, brüllt Rambert plötzlich vom Keller in einer Lautstärke, die Thomsen auf der Stelle alarmiert. Er beendet das Gespräch mit Svenja, während er bereits die Treppe wieder hinunterstürmt. So schnell er kann, rennt er durch den Weinkeller bis zu dem Kämmerchen dahinter.

Die vormals gut gesicherte Tür an der gegenüberliegenden Wand steht nun sperrangelweit offen. Also läuft er weiter – in den unbekannten Raum dahinter. Dort stoppt er abrupt und traut seinen Augen nicht.

Er steht in einem fensterlosen Bunker, der wie ein winziges Apartment eingerichtet ist. Waschbecken, Dusche, kleine Küchenzeile, ja sogar ein Fernseher und ein Doppelbett finden sich darin. Ein Doppelbett, auf dem eine junge Frau hockt, die ihn mit großen ängstlichen Augen anstarrt. Die Arme hält sie fest um ihre Beine geschlungen.

»Heilige Scheiße«, entfährt es ihm.

»Die haben wir hier gefunden«, raunt ihm Rambert zu, der samt dem Schlosser wie gelähmt im Raum steht.

»Mann, Jochen, ruf die Rettung, aber schnell«, herrscht Thomsen ihn an. Dann geht er vor der verängstigten Frau in die Hocke, um Augenhöhe herzustellen.

»Wir tun Ihnen nichts. Wir helfen Ihnen, okay?«

Sie nickt zögernd.

»Können Sie aufstehen? Wir bringen Sie hier raus.« Er steht nun auf und streckt ihr seine Arme entgegen.

Sie nickt nochmals und lässt sich von ihm hochhelfen.

Erst jetzt bemerkt er, dass sie hochschwanger ist.

»Mann, Mann, Mann«, murmelt er und versucht ein aufmunterndes Lächeln zustande zu bringen. »Wie ist denn Ihr Name?«

»Estera«, flüstert sie. »Estera Mitai.«

45

Sophie sieht dem Rettungswagen wie geplättet hinterher. *Es sieht nicht gut aus*, hatte der Notarzt gesagt, kurz bevor er mit Blaulicht davonbrauste.

Was ist hier los? Warum schluckt Maren Scheper Pillen, die sie ausknocken, wenn ihre Kinder im Nebenzimmer spielen? Und was zum Teufel hat es mit diesem Fakebauch auf sich?

Das elektronische Möwengeschrei ertönt aus ihrem Handy und sie nimmt den Anruf an.

»Komm ins Krankenhaus«, verlangt ihr Chef ohne jede Einleitung.

»Ich bin auf dem Weg. Aber sie wird es vielleicht nicht schaffen.«

»Wer?«

»Maren Scheper natürlich. Wir denken, sie hat versucht, sich umzubringen. Aber das ist noch nicht mal das Krasseste. Hat Svenja es dir schon gesagt? Sie ist gar nicht schwanger. Ihr Babybauch ist nicht echt, sie hatte 'ne Attrappe umgeschnallt. Kein Mensch weiß, wozu . . .«

»Ich schon«, blafft Thomsen in den Hörer. »Ich hätt da 'ne prima Erklärung für!«

»Echt?« Sophie gibt sich keine Mühe, ihre Überraschung zu verbergen. »Dann lass mal hören.«

»Komm ins Krankenhaus«, wiederholt Thomsen seine anfängliche Aufforderung. »So rasch wie möglich. Wir haben Estera Mitai gefunden. Sie war im Keller der Schepers eingesperrt. Und sie ist hochschwanger.«

***

Am Eingang des Krankenhauses kommt ihr Dr. Julke entgegen.
»Sie hätten sich nicht so beeilen müssen. Die Patientin ist noch auf Intensiv. Die beiden nächsten Stunden sind entscheidend...«
Sophie nickt ihm zu und eilt weiter. Sie folgt dem Weg, den Thomsen ihr beschrieben hat und schon bald stößt sie auf zwei uniformierte Kollegen, die den Gang bewachen.
»Seid ihr hier, um die Presse abzuwehren?«
»Allerdings. An uns kommt keiner vorbei«, erklärt der ältere der beiden.
Am Ende des Ganges sieht sie bereits eine vertraute Gestalt auf und abgehen.
»Eine Ärztin ist gerade bei ihr«, erklärt ihr Chef zur Begrüßung.
»Mann, was für Neuigkeiten! Ich bin fassungslos. Estera war die ganze Zeit im Keller der Schepers versteckt?«
»Ja – ist das nicht unglaublich?« Thomsen fährt sich mit allen zehn Fingern durch die Haare. »Ich konnte ein wenig mit ihr sprechen, bis der Ambulanzwagen kam. Ihr Deutsch ist nicht so schlecht, ich konnte sie gut ver-

stehen. Sie sagte, sie wäre schon nach drei Monaten eingesperrt worden und das ist nun sechs Jahre her.«

»Das ist ein völliger Irrsinn! Was hat sie dir noch erzählt?«

»Nicht viel, sie war schrecklich durcheinander wegen der plötzlichen Rettung, ihre Gefühle fahren mit ihr Achterbahn. Oder die Hormone, schwanger ist sie ja auch. Auf jeden Fall möchte ich, dass du mit ihr sprichst, da gibt es sicher einiges, was sie einer Frau leichter anvertraut.«

»Das ist gut möglich.« Sophie nickt und tritt einen Schritt zurück, als die Tür des Krankenzimmers geöffnet wird und eine Frau im weißen Kittel herauskommt.

»Wie geht es ihr?«, fragt Thomsen.

Die Ärztin lächelt.

»Den Umständen entsprechend gut. Sie ist weder dehydriert, noch musste sie Hunger leiden. Auch physische Verletzungen liegen nicht vor, ihr Körper weist keine Misshandlungsspuren auf. Psychisch allerdings ... nun, das wird ein langer Weg.«

»Kann ich zu ihr?«, fragt Sophie.

»Ja. Sie will sprechen und ich habe den Eindruck, es tut ihr gut.«

»Okay.« Sophie klopft und betritt anschließend das Krankenzimmer. Die junge Frau, die ihr entgegenblickt, hat nicht mehr viel mit dem achtzehnjährigen Mädchen auf dem Foto gemeinsam, das voller Zuversicht in ein neues Leben gestartet ist.

Die großen braunen Augen liegen in dunklen Höhlen, Tränen sammeln sich darin und laufen über unfassbar weiße Haut.

»Ich bin Sophie Meerkatz von der Kripo Husum, wir werden die Menschen, die Ihnen das angetan haben, bestrafen.«

»Gut.« Estera nickt.
»Wie geht es Ihnen?«
»So und so. Ich bin glücklich über Rettung, aber so traurig wegen Anyana, und das gute Gefühl und das traurige Gefühl schwappt hin und her.«
Sophie muss lächeln. Estera hat einen entzückenden Akzent und eine blumige Art, sich auszudrücken.
»Sie sprechen sehr gut Deutsch.«
»Danke. Ich habe schon in der Schule gelernt und dann, na ja, sechs Jahre sind lange Zeit. Viel Zeit mit deutsches Fernsehen.«
»Wollen Sie mir erzählen, wie das alles begann?«
»Ja. Ich will. Ich will, dass die Polizei die ganze Wahrheit hört.«
Sophie stellt das Aufnahmegerät auf das Tischchen neben dem Bett und schaltet es ein.
»Ich kam im März vor sechs Jahren zu Familie Scheper. Aber schon bald war große Tragödie. Maren hatte Baby verloren, sehr viel geweint. Ständig Arzt da, ständig Pillen, ständig Tränen. Maren machte Reha und der Mörder kam zu mir. Damals, ich hatte ein schönes Zimmer, oben unter Dach.«
»Sie meinen Herrn Scheper?«
»Ja. Er ist ein gemeiner Mörder. Und ein Vergewaltiger. Ein sehr schlechter Mensch. Wenn Maren war fort, er legte sich zu mir. In der Nacht. In mein Bett. Er hielt mir den Mund zu. Danach, er hat Angst bekommen, dass ich etwas sage. Ich musste schwören, nichts zu sagen. Aber er hat mir nicht geglaubt. Ist gekommen nächste Nacht und hat mich in den Keller gezerrt. Er sagte, ist Bunker mit Klo und allem, und dass ich nie wieder rauskommen werde. Hat genommen meine Handy und hat gesagt, wenn ich ihm nicht gebe Code, dann er schickt kein Geld mehr an meine Familie.

Seit ich war im Keller, er kam jeden Abend. Wenn ich mich habe gewehrt, er hat mich geschlagen. Hat auch gesagt, dass er schickt keine Geld an meine Familie, wenn ich nicht gehorche. Irgendwann wusste ich, dass ich schwanger war. Ich habe lange nichts gesagt. Vor Angst. Aber er hat gemerkt. Du blutest nicht, Estera. Hast du Baby? Ich sagte ja und er hat sich mehr gekümmert. Bessere Essen, auch Obst, Fernseher für Entspannung. Aber ich hatte trotzdem Angst, Keller ist kein Ort für Baby. Damals ich wusste noch nicht...«

Nun beginnt sie so heftig zu weinen, dass Sophie versucht ist, die Schwester zu rufen, doch dann nimmt Estera das angebotene Taschentuch, schnäuzt sich und fängt wieder zu reden an.

»Ich musste in diese grässliche Bunker Baby zur Welt bringen. Ohne Arzt. Ohne Hebamme. Nur er war da. Und Maren.«

»Maren Scheper war auch dabei?«

»Ja, bei der Geburt. Sie war nett, sie hat geholfen. Aber dann, sie hat das Baby genommen und ist gegangen. Ich habe meine kleine Ana nie wieder gesehen. Ich habe geweint, gefleht, geschrien, ich hatte Milch, aber kein Kind. Aber Maren ist nicht zurückgekommen. Nur er. Er brachte mir Pumpe. Ich sollte pumpen. Für Baby.«

Sophie nimmt Esteras eiskalte Hand. Diese junge Frau tut ihr unfassbar leid.

»Ich habe gepumpt und gepumpt. Wochenlang. Bis nichts mehr kam. Dann ich dachte, die würden mich töten. Die hatten Baby, wozu mich füttern? Aber ich war Hobby von Mörder. Bald schon er ist wieder gekommen. Viele Nächte. Jahre. Irgendwann, ich war wieder schwanger. Wieder Obst, wieder Kekse. Und wieder Geburt in Keller. Da ich habe Maren wiedergesehen. Nach drei Jahren. Ich habe nach meine Ana gefragt, ob ich ein Foto sehen kann. Aber sie hat nur gesagt, dass ich pressen soll. Atmen und pressen. Diesmal ich wusste schon, was passiert. Sie nimmt Baby mit, ich bekomme Pumpe. War Junge dieses Mal. Für mich, ich habe genannt Ilie. Ich habe zwei Kinder, Ana und Ilie, aber habe ich nie wieder gesehen. Wieder ich dachte, sie töten mich. Oder lassen mich hungern, bis ist vorbei mit mir. Jetzt haben sie Tochter und Sohn, ist perfekte Familie. Aber wenn Milch für Ilie war fertig, Mörder kam wieder zu mir. Kam immer wieder zu mir. Immer wieder. Und wieder und wieder. Diese Scheißkerl.

Und dann alles von vorne. Wieder Baby in Bauch, wieder Obst und Kekse, Gemüse und Fleisch. Aber ich wollte nicht mehr das Spiel mitspielen. Deshalb ich mich geweigert zu essen. Ich gesagt, wenn ich soll essen, ich will hören von meine Kinder. Ob sie gesund sind. Er sagte, meine Ana heißt Ida und Ilie heißt Kai. Und dass sie haben eine Kindermädchen. Das war sehr schmerzhaft. Ich sagte, ich will sein mit meine Kinder. Aber er hat nur gelacht und gesagt, dass ich werde niemals aus dem Bunker herauskommen. Da ich habe gedacht, das wäre Allerschlimmste auf der Welt.

Aber kam noch schlimmer. Vor etwa eine Monat, er sperrt Tür auf und stößt Anyana herein. Meine kleine Schwester. Ich sie sechs Jahre nicht gesehen. Sie war elf Jahre alt, als ich gegangen aus Bukarest. Damals, als ich ihr versprochen, dass ich sorge für sie und Mama. Ich habe sie sofort erkannt und es hat mir das Herz gebrochen. Sie war so schwer verletzt. Arm gebrochen, Rippen auch und schlimme Schmerzen in Unterleib. Sie hat sehr stark geblutet. Sie gesagt, er sie getreten.«

Estera kämpft wieder gegen die Tränen an. »Ich habe zu ihm gesagt, sie braucht Arzt! Ich habe gebettelt. Aber er gesagt *nein*. Das so traurig. Ich habe geschafft sechs

Jahre in Bunker, Anyana nur sechs Tage. Sechs Tage mit Schmerzen und mit Tränen. Aber auch mit Liebe. Sie hat gedacht, dass ich habe sie und Mama verlassen. Dann sie hat gewusst, dass ich sie immer geliebt habe. Immer. Anyana ist gestorben in meinen Armen. Das war das Allerschlimmste. Wenn sie war tot, er hat sie einfach fortgeschafft.«

Sophie reicht Estera ein Taschentuch und wünscht, sie könnte mehr tun als bloß zuhören und trösten.

»Wir haben Konstantin Scheper festgenommen, Sie müssen keine Angst mehr haben.«

»Gut. Danke. Ich danke auch großen Mann mit Stachelbart.«

»Ich werde es ihm ausrichten«, sagt Sophie lächelnd.

»Und auch, dass Maren Scheper beteiligt war. Das muss er nämlich sofort wissen.«

Sie wählt Thomsens Nummer und gibt die Informationen zusammengefasst weiter.

»Wahnsinn. Ich lasse sie sofort festnehmen.«

Seine Stimme hat einen anderen Klang als sonst und Sophie wird bewusst, dass sie ihren Chef noch nie so betroffen erlebt hat.

Als er auflegen will, hält sie ihn zurück.

»Rüde?«

»Ja?«

»Schick mir bitte ein Foto von den Kleinen.«

»Okay.«

Als ein paar Minuten später ein Schnappschuss von zwei lieben kleinen Gesichtern mit großen dunklen Augen eintrifft, reicht Sophie ihr Smartphone an Estera weiter. Ihre Hände beginnen zu zittern, als sie nach so vielen Jahren das erste Foto ihrer Kinder sieht. Tränen strömen über ihre Wangen. Sie umklammert das Handy mit einer Vehemenz, als ob sie es nie wieder loslassen könnte.

»Sie sind in Sicherheit?«
»Ja. Wir haben das Jugendamt informiert. Eine Sozialarbeiterin und eine Psychologin kümmern sich um die beiden.«
»Wann kann ich sie sehen?«
»Schon sehr bald«, beginnt Sophie und möchte erklären, dass in Fällen, wo Kinder beteiligt sind, auch auf deren Wohl Bedacht genommen werden muss, als es an der Tür klopft.
Svenja steckt den Kopf herein.
»Hier möchte jemand zu Besuch kommen«, sagt sie und tritt beiseite.
Ema Mitai erscheint im Türrahmen und Estera schluchzt lauthals auf.
»Mama!«
Sophie nimmt ihr Handy wieder an sich und schlüpft aus dem Zimmer, um den beiden Raum für ihr Wiedersehen zu geben. Svenja, die am Gang wartet, reicht ihr einen Pappbecher mit Kaffee.
»Er ist dünn wie Brühe, aber besser als nichts.«
Sophie nimmt ihn dankbar.
»Es ist so unvorstellbar, was diese junge Frau erleiden musste.«
»Du sagst es. Unvorstellbar. Sechs Jahre lang in ein und demselben Raum. Ganz allein. Ihrem Peiniger auf Gedeih und Verderb ausgeliefert.«
»Das ist schon kaum auszuhalten, wenn man bloß zuhört«, stöhnt Sophie. »Es zu erleben, muss die Hölle gewesen sein. Ida und Kai sind ihre Kinder, hast du das gewusst?«
Svenja nickt. »Der Rüde hat zwei und zwei zusammengezählt, als er von Marens Bauchattrappe erfahren hat. Die können einem echt leidtun, für die bricht jetzt eine Welt zusammen.«

Sophie tritt ans Fenster und sieht eine Weile hinaus.

»Dafür bekommen sie ihre richtige Mutter zurück«, sagt sie dann. »Ich denke, das ist es wert.«

46

»Das ist der totale Irrsinn«, wiederholt Jasper schon zum dritten Mal, seit sie sich um Thomsens Besprechungstisch versammelt haben. »Die Medien werden das ausschlachten bis Weihnachten.«

»Das müssen wir so gut es geht verhindern«, knurrt Thomsen. »Diese Familie hat wirklich schon genug durchgemacht.«

»Marens Selbstmordversuch ergibt jetzt auch einen Sinn. Vorher hab ich nicht verstanden, warum sie diese Pillen geschluckt hat«, meint Svenja.

»Die waren ihre persönliche Exit-Strategie, für den Fall, dass alles auffliegt.« Sophie nimmt sich einen von den Friesenkeksen, die Svenja auf den Tisch gestellt hat. »Was hört man von ihrem Ehemann?«

»Nichts«, brummt Thomsen. »Der ist verstummt. Und sein Anwalt meinte, es kann noch dauern, bis er sich äußern werde.«

»Ich hoffe bloß, der kommt nie wieder raus«, sagt Jasper ungewöhnlich emotional. »Wie geht es den Kindern?«

»Ich habe vorhin mit dem Jugendamt telefoniert«, erwidert Sophie. »Die Sozialarbeiterin sagt, den Umständen entsprechend gut, weil Tereza bei ihnen ist. Sie ist eine sehr wichtige Bezugsperson für die Kleinen. Angeblich hat sie mehr Zeit mit ihnen verbracht als Frau Scheper. Und sie möchte in Deutschland bleiben und sich eine neue Gastfamilie suchen.«

»Wann bekommt Estera nun eigentlich ihre Kinder zurück?«, will Jasper wissen.

»Die Sozialarbeiterin möchte so bald wie möglich mit der Familienzusammenführung beginnen«, erläutert Sophie. »Das Jugendamt wird das begleiten und unterstützen. Als Erstes brauchen sie eine Notfallwohnung und dann muss jemand Ida und Kai die Situation kindgerecht verklickern. Die beiden werden ihre bisherige *Mama* und bald auch ihre Nanny vermissen. Auch ihr Zuhause und überhaupt das Leben, das sie gewohnt sind. Zu allem anderen kommt die bevorstehende Geburt des nächsten Kindes und eine neue Omi, die quasi mittellos ist und kein Deutsch spricht. Insgesamt keine leichte Situation.«

»Das wird ein langer und schwieriger Weg zurück ins Leben«, meint auch Thomsen.

»Man muss wirklich dankbar sein, für das, was man hat«, sinniert Svenja. »Nach so einer Sache bekommen die eigenen Sorgen plötzlich einen ganz anderen Stellenwert.«

»Sprichst du von deinem Heizungsproblem?«, fragt Jasper.

»Zum Beispiel. Da fällt mir noch einiges mehr ein.«

»Hast recht«, erklärt Thomsen. »Mir auch. Ich freu mich jetzt, dass ich eine Verlobte hab, die zu Hause auf mich wartet. Und zu der geh ich jetzt.«

Er steht geräuschvoll auf und winkt zum Abschied.

Doch bevor er seine Ankündigung wahr machen kann, läutet sein Diensthandy.

»Hauptkommissar Thom . . .«, beginnt er, verfällt

jedoch rasch in gespanntes Schweigen, das eine Weile anhält. Mit einem Mal hellen sich seine Gesichtszüge ein wenig auf. »Wunderbar. Ja, kein Stress. Dann hören wir uns morgen.«

Drei Augenpaare fixieren ihn neugierig.

»Das war Hauptkommissar Seibert aus Berlin. So wie es scheint, hat der mysteriöse Anrufer die Wahrheit gesagt. Bei der angeblichen Silke Braun handelt es sich tatsächlich um Kirsten Moll. Sie ist wohlauf, soweit man das über Menschen sagen kann, die sich im Methadon-Programm befinden. Eine erste Befragung, die er soeben durchgeführt hat, hat ergeben, dass Kirsten als Fünfzehnjährige extrem unglücklich zu Hause war. Ihre Eltern hätten ihr durch übertriebene Bevormundung und Kontrolle die Luft zum Atmen genommen. Deshalb hat sie die erste Möglichkeit genutzt, die sich ihr geboten hat, um dieser Situation zu entfliehen. Das war das Pfadfindercamp. Während alle im Watt nach ihr suchten, saß sie bereits im Zug nach Dänemark. An der Grenze wurde sie nicht kontrolliert und in Kopenhagen fand sie schnell Kontakt zu anderen Jugendlichen. Sie schloss sich einer Gruppe von Hausbesetzern an und geriet leider auch in die Drogenszene. Als eine Freundin von ihr an einer Überdosis Heroin starb, nahm sie deren Identität an und kehrte nach Deutschland zurück. Sie wählte Berlin, weil sie an einem Entzugsprogramm teilnehmen wollte. Sie bemüht sich sehr, ihr Leben in den Griff zu bekommen.«

»Wow«, meint Svenja. »Das ist echt heftig. Für mich ist vollkommen unverständlich, wie eine Fünfzehnjährige ihre Eltern in dieser quälenden Unsicherheit zurücklassen kann – die beiden sind durch die Hölle gegangen...«

»Nicht alle Teenager sind glücklich in ihrer Familie. Als ich fünfzehn war, hätte ich mir auch gewünscht, woanders zu leben«, gibt Sophie spontan etwas Persönliches preis.

»Wie auch immer«, fasst Thomsen die Situation lapidar zusammen, »fest steht, wir haben nun zwei Fälle an einem Tag gelöst. Ich freu mich schon auf die kommende Pressekonferenz, wo unser Dienststellenleiter diesen Erfolg nach allen Regeln der Kunst hinausposaunen wird.« Er nimmt seine Jacke vom Haken. »Und jetzt geh ich aber wirklich nach Hause.«

Svenja sieht ihre Kollegen an.

»Wollen wir am Hafen noch was trinken?«

»Nee, geht leider nicht«, meint Jasper. »Billi wartet auch schon ungeduldig.«

»Und du?«, fragt sie Sophie, nachdem die Männer gegangen sind.

»Ich komme gern mit. Die Sache mit Estera hat mich ein wenig verstört. So ein Drink am Hafen ist da sicher die beste Medizin.«

Doch als sie den Parkplatz queren, ertönt das elektronische Möwengeschrei aus ihrer Handtasche.

»Meerkatz? Ah, gut. Okay, ich komme sofort.«

»Das war der Arzt, dem ich meine Visitenkarte aufgedrängt habe«, erklärt Sophie ihrer Kollegin. »Maren Scheper ist über'n Berg und sie ist jetzt bei Bewusstsein. Unseren Drink müssen wir leider verschieben.«

»Das geht natürlich vor«, lächelt Svenja. »Vielleicht fahr ich heim und versöhne mich mit Okko. Zumindest, bis der erste Schnee fällt.«

»Mach das«, meint Sophie und umarmt ihre Kollegin spontan. »Wir sehen uns morgen.«

***

Der Gang vor Maren Schepers Krankenzimmer ist bereits bewacht, auch im Raum selbst befindet sich eine uniformierte Beamtin.

Maren liegt blass zwischen Geräten und Schläuchen, umgeben von Monitoren. Sie hat sich von der Tür abgewendet und reagiert nicht auf Sophies Begrüßung.

Sophie zieht sich einen Besucherstuhl ans Bett und stellt Blickkontakt her.

»Ihr Mann sagt, er hat das alles nur für Sie getan«, eröffnet sie mit einem erfundenen, dafür umso provokanterem Statement. »Weil Sie keine Kinder kriegen konnten.«

»Das stimmt leider«, flüstert Maren ein wenig heiser. »Ich habe alle verloren. Insgesamt sieben. Immer vor dem dritten Monat. Das letzte Mal war besonders schlimm, weil der Arzt sagte, ich soll es nicht mehr versuchen.«

»Also war es Ihre Idee, Estera die Kinder bekommen zu lassen?«

»Nein. Das nicht. Ich wusste es lange nicht. Ich war in Therapie nach dem Abort, in einer Klinik, und als ich wieder nach Hause kam, war Estera weg. Ich dachte, sie wäre nach Bukarest zurückgegangen.«

»Wann haben Sie es erfahren?«

»Als sie im vierten Monat war. Konstantin sagte, dass wir nun ein Baby bekommen würden. Er sagte, er hätte Estera Geld gegeben, damit sie für uns ein Baby austrägt, und ich müsste jetzt ein Kissen unter der Bluse tragen, damit nachher niemand Fragen stellt. Dann wären wir bald eine richtige Familie. Da wusste ich noch nicht, dass er sie im Bunker gefangen hielt.«

Sie starrt nun mit leeren Augen durch das Fenster in die Dämmerung.

»Aber Sie waren bei der Geburt dabei.«

»Ja, er sagte, Estera wäre hergekommen, damit wir das

Baby ohne Aufsehen bekommen könnten. Und dass ich bei der Geburt helfen sollte. Ich war geschockt, als ich sie sah. Wie blass sie war und wie verstört. Ich wusste, dass etwas nicht stimmte, aber ich wollte es nicht wahrhaben. Ich wollte bloß endlich mein Baby in den Armen halten dürfen. Darauf hatte ich schon so viele Jahre gewartet.

So nach und nach habe ich dann alles erfahren, aber da konnte ich nicht mehr zurück. Um nichts in der Welt hätte ich mein Baby wieder hergegeben.«

Sophie verzichtet darauf, klarzustellen, dass Ida, oder vielmehr Ana, zu keinem Zeitpunkt Marens Baby gewesen ist, und versucht stattdessen, mehr über die Hintergründe herauszufinden.

»Hat Ihr Mann Ihnen erzählt, dass er Estera vergewaltigt hat? Immer und immer wieder, sechs Jahre lang?«

»Nein.« Maren schüttelt schwach den Kopf. »Nur, dass er sie nicht mehr freilassen kann, weil wir sonst Ida verlieren würden.«

»Aber dass er häufig in den Keller ging, bemerkten Sie schon?«

»Ja, aber dort ist ja auch sein Weinkeller . . .«

»Maren, Sie haben weggesehen! Hat Ihnen Estera nicht leidgetan?«, fragt Sophie nun schonungslos.

»Zuerst schon, aber das konnte ich schlecht aushalten. Also hab ich diesen Gedanken verdrängt.«

Maren Scheper starrt nun wieder regungslos aus dem Fenster und Sophie spürt, wie der Zorn in ihr hochkocht. Wie leicht es dieser Frau gelungen ist, derart brutales Unrecht, das unter ihrem eigenen Dach geschah, auszublenden.

»Wie war das mit Anyana?«, setzt sie ihre Befragung fort.

»Sie tauchte einfach auf. Chloe war Einkaufen, Tereza

mit den Kindern im Park, nur mein Mann und ich waren zu Hause. Er öffnete ihr die Tür. Als sie nach Estera fragte, ließ er sie ins Haus. Er wollte sich ganz normal verhalten, um sich nicht verdächtig zu machen. Wir erzählten ihr, Estera wäre vor vier Jahren schon nach New York geflogen, wir zeigten ihr auch das Ticket. Sie hat es uns abgekauft, das weiß ich. Denn sie sah richtig traurig aus, als sie wieder gehen wollte. Doch dann hat sie das Foto gesehen.«

»Welches Foto?«

»Ein großes Porträt von Ida, das im Vorraum hing. Sie hat es angestarrt und ist völlig erstarrt. Da wussten wir, dass sie die Ähnlichkeit erkannt hatte. Ida ist Estera leider wie aus dem Gesicht geschnitten. Wir hatten gar keine andere Wahl – wir mussten Anyana zum Schweigen bringen. Doch sie wehrte sich unglaublich, als Konstantin sie zu ihrer Schwester in den Keller bringen wollte. Sie schrie und versuchte zu flüchten, da musste er Gewalt anwenden.«

»Und sie eine Woche später, als sie tot war, im Wald vergraben?«

Maren zuckt leicht mit den Schultern.

»Was hätte er sonst mit der Leiche tun sollen? Irgendwo musste sie schließlich hin.«

»Warum das Wäldchen bei Schobüll?«

»Es liegt nah, aber nicht zu nah, und man kann gut mit dem Auto bis an den Waldrand fahren.«

Sophie schüttelt innerlich den Kopf über so viel Gefühlskälte. Sie hätte gute Lust, diese Frau, die Anyana hätte retten können, es aber vorgezogen hat, die Grausamkeiten ihres Ehemanns zu rechtfertigen, aus ihrem weichen Bett zu kippen.

Stattdessen steht sie einfach auf und verlässt grußlos den Raum.

Auch sie hat ihre Grenzen. Sie muss sich selbst nicht mehr zumuten, als sie ertragen kann. Maren Scheper steht eine lange Zeit hinter Gittern bevor – da besteht keine Eile, die Vernehmung schon bei der ersten Befragung zu Ende bringen.

***

Ihre Beine haben sie ganz von allein zum Hafen getragen. Dort lässt sie nun bei einem leckeren Drink ihre Blicke über die Boote schweifen, die sich noch gut von der hereinbrechenden Dunkelheit abheben. Sie sieht zwei Möwen zu, die sich um einen Bissen Brot streiten und plötzlich wünscht sie sich nichts sehnlicher, als in den Arm genommen und festgehalten zu werden. Außerdem ist sie Taako noch eine Antwort schuldig. Immerhin ist er gestern mit ernsthaften Gefühlen herausgerückt und sie hat ihn damit allein im Strandkorb zurückgelassen. Es ist wirklich an der Zeit, zu ihm zu gehen und ihre eigenen Gefühle ebenfalls einzugestehen.

Auf dem Weg zu seinem Haus verstrickt sie sich in verschiedenste Formulierungen, die ihr, kaum ausgedacht, schon wieder ungeeignet vorkommen. Zu kitschig, zu nichtssagend, zu dick aufgetragen ... Sie muss feststellen, dass eine Liebeserklärung mit einer angeschlagenen Psyche eine verdammt schwierige Angelegenheit ist.

Ihr Handy gibt einen Piepton von sich, der das Eintreffen einer Nachricht anzeigt. Eine SMS von Taako.

Komm heute nicht zu mir. Ich melde mich

morgen.

Komm heute nicht? Was soll das jetzt? Er hat noch nie ein Date abgesagt, und schon gar nicht so lieblos.

Irritiert bleibt sie stehen. Sie ist seinem Zuhause schon so nah, dass sie das hübsche alte Backsteinhaus sehen kann, dessen Front von einer Straßenlaterne beleuchtet wird.

Was soll sie nun tun? Wenige Meter vor ihrem Ziel einfach umkehren? Jetzt, nachdem sie endlich vor sich selbst zugegeben hat, dass sie sich in ihn verliebt hat? Ist das ihrem persönlichen Fluch geschuldet? Wendet er sich deshalb von ihr ab? Oder weil sie ihn gestern vor den Kopf gestoßen hat? Warum, verdammt noch mal, müssen Beziehungen so scheißkompliziert sein?

Sie merkt erst, dass sie weint, als ihr die Tränen über die Wangen rinnen. Doch sie reagiert nicht darauf, sondern starrt weiterhin bloß auf Taakos Haustür, das Stück Holz, das sie von dem Menschen trennt, den sie so gern ganz nah spüren möchte. Unfähig, eine Entscheidung zu treffen, verharrt sie an Ort und Stelle, als sich plötzlich die Eingangstür einen Spalt öffnet und ein Schatten herausschlüpft, der auf sie zukommt.

Eine Frau, eindeutig. Sophie kann nun, da sie näherkommt, ihr schulterlanges, zerzaustes blondes Haar erkennen. Sie hat es offenbar eilig. Ohne nach links oder rechts zu sehen, läuft sie an Sophie vorbei, die ihr aufgewühlt hinterhersieht.

Ganz offensichtlich ist diese Frau der Grund für die heutige Absage. Wer ist sie und was ist zwischen ihr und Taako vorgefallen? Mit einem Mal wird ihr klar, dass, wenn sie jetzt nach Hause geht, sie die ganze Nacht nicht schlafen wird. Außerdem will sie nicht bis morgen auf eine Erklärung warten, sie will sofort wissen, was hier los ist.

Wie ferngesteuert nähert sie sich dem Eingang, ihre Finger drücken wie von selbst auf die Türklingel.

Taako öffnet mit einem Ausdruck der Erleichterung, doch als er sie erkennt, lässt er die Schultern hängen.

»Ach, du bist's.«

»Ja, ich. Hast du *sie* erwartet? Die mit den blonden Haaren?«

»Ja, ich hab gehofft, dass sie zurückkommt.«

Nun, wenigstens ist er ehrlich. Sophie beißt die Zähne zusammen, um ihm nicht zu zeigen, wie sehr sie dieser Satz verletzt.

»Eine Ex von dir?«

»Hm.« Er steckt die Hände in die Hosentaschen und blickt zu Boden. »Mehr eine Kurzzeitbegegnung.«

»Und trotzdem bedeutet sie dir so viel?«

»Was?« Seine Augen mustern sie nun verwirrt. »Nein, tut sie nicht. Ich hab mir bloß gewünscht, dass sie wiederkommt, weil . . .«

»Weil der Sex so gut war?«

»Der Sex? Quatsch. Wie kommst du darauf?«

»Nun ja, sie ist weggelaufen und du wünschst sie dir wie verrückt zurück – während du mich hier auf deiner Schwelle stehen lässt. Das gibt mir schon zu denken.«

»Oh, Entschuldigung«, er öffnet die Tür, um sie eintreten zu lassen. »Ich wollte nicht unhöflich sein. Es ist bloß . . . mein Leben ist völlig aus den Fugen geraten. Hast du meine Nachricht nicht bekommen?«

»Doch. Ich wusste bloß nicht, was ich davon halten sollte. Deshalb will ich das lieber gleich klären. Du möchtest lieber mit ihr zusammen sein?«

»Mit Cora? Um Himmels willen, nein!«

»Um was geht es dann?«

»Um ihn.«

Taako deutet nun auf die Couch in seinem

Wohnzimmer. Dort liegt ein kleiner Junge mit blonden Locken, die ihm ins Gesicht fallen.

Sophie geht auf Zehenspitzen näher.

»Der ist aber niedlich«, flüstert sie. »Und er schläft wie ein Engel.«

»Das ist Nils. Cora sagte, er wäre mein Sohn. Und nachdem sie ihn die ersten vier Jahre versorgt hat, wär ich jetzt dran, mich zu kümmern.«

»Du wusstest nichts von ihm?«

»Nein. Sie hatte es offenbar nicht für nötig befunden, mir seine Existenz mitzuteilen. Bis gerade eben.«

»Oh, wow. Und wieso jetzt?«

»Sie sagte, sie muss auf Reha. Wenn sie keinen Entzug macht, nehmen sie ihr den Kleinen weg.«

»Puhhh.« Sophie atmet hörbar aus. »Das ist allerdings ... lebensverändernd.«

»Ja, ich bin völlig durch den Wind. Was soll ich denn jetzt machen?«

Es rührt sie, wie er so völlig unbeholfen vor ihr steht. Sie streicht ihm sanft über die Wange.

»Erst mal einen Drink. Wir müssen doch auf deine Vaterschaft anstoßen.«

Gefühlvoll zieht sie Taako an sich und drückt ihn innig. Er wirkt immer noch abwesend. Irgendwie steif. Nur langsam entspannt er sich ein wenig und erwidert ihre Umarmung.

»Ich bin jetzt doch froh, dass du hier bist.«

Nachwort der Autorin

Liebe Leserinnen und Leser,

an dieser Stelle möchte ich mich sehr herzlich für die Unterstützung bei meinen Freunden, Testlesern und Lektoren sowie den Experten der Kriminalistik und der Medizin bedanken – und natürlich bei Ihnen, liebe Leserinnen und Leser!

Ich freue mich, wenn **DIE KÜSTEN-KOMMISSARE** Ihnen ein paar spannende und unterhaltsame Stunden bescheren konnten.

Wenn es Ihnen gefallen hat, würde ich mich über eine Rezension bei Amazon sehr freuen. Ein großes **DANKE** all jenen, die sich kurz Zeit nehmen und ein paar Worte schreiben!

Für jene, die wissen wollen, wie es mit Thomsen, Meerkatz & Co weitergeht: Spannend – so viel steht fest. Denn das nächste Buch kommt schon sehr bald!

Einfach **Anne Amrum** auf Amazon folgen und sofort über Neuerscheinungen informiert werden!

Anne Amrum, April 2022

Instagram: anneamrum
E-Mail: anne.amrum@gmx.de

Es geht spannend weiter...

mit dem achten Fall der Küsten-Kommissare!

NORDSEE LÜGE von
Anne Amrum

TATORT NORDSEE

Joppe Fredriksen, der Ticketverkäufer der Badestelle Dockkoogspitze, wird frühmorgens von einer unbekannten männlichen Leiche in einem Strandkorb überrascht. Nachdem eindeutig Fremdverschulden vorliegt, will nicht nur Joppe, sondern auch das Team der Kripo Husum wissen, wie es dazu kommen konnte, inmitten des idyllischen Touristenparadieses zwischen den Schafen am Deich und den Enten im Wattenmeer.

Doch je tiefer die Ermittler in den Fall eintauchen, desto mehr Fragen tauchen auf – sehr zum Ärgernis von Hauptkommissar Thomsen, der einen derart komplizierten Fall so knapp vor seiner Hochzeit überhaupt nicht brauchen kann.

Hauptkommissar Rüdiger Thomsen und Oberkommissarin Sophie Meerkatz sind einmal mehr gefordert, an ihre Grenzen zu gehen, denn in

Nordsee Lüge,

dem achten Küstenkrimi der Bestseller-Autorin Anne Amrum,

ermitteln die Nordsee Kommissare in ihrem bislang niederträchtigsten Fall.

Erhältlich auf AMAZON!

Wie alles begann...

Der erste Fall der Küsten-Kommissare

NORDSEE Mord von Anne Amrum

TATORT NORDSEE

Die sechzehnjährige Inga wird tot im Husumer Watt aufgefunden. Die jugendliche Tote ist ein beliebtes Mädchen aus dem Ort. Ein tragischer Selbstmord, davon ist Hauptkommissar Rüdiger Thomsen überzeugt.

Doch seine neue Kollegin Sophie Meerkatz wittert ein Verbrechen und beginnt unangenehme Fragen zu stellen. Als kurz darauf die beste Freundin der Toten vermisst wird, gerät auch Thomsens Überzeugung ins Wanken. Denn die Mutter der Vermissten ist eine alte Vertraute ...

Die Situation spitzt sich zu, als es in der Bevölkerung zu brodeln beginnt. Ein Sündenbock ist schnell gefunden. Doch liegt überhaupt ein Verbrechen vor und ist der Verdächtige auch tatsächlich der Schuldige? Und wo steckt das vermisste Mädchen?

Im ersten Teil der spannenden Nordsee-Reihe prallen Welten aufeinander:

Emanzipierte Emsigkeit aus der Hauptstadt trifft auf die Gelassenheit des Nordens. Mit Engagement und Leidenschaft für ihren Job tritt Kommissarin Sophie Meerkatz gegen die Vorbehalte ihres neuen Chefs an und scheut auch nicht davor zurück, zu drastischen Maßnahmen zu greifen.

Erhältlich auf AMAZON!

Printed in Dunstable, United Kingdom